中华

ZHONGHUA HUN

魂

百部爱国故事丛书

铁窗难锁钢铁心

——革命先烈王若飞

孟庆宇　编著

吉林人民出版社

图书在版编目（CIP）数据

铁窗难锁钢铁心：革命先烈王若飞 / 孟庆宇编著.
－－长春：吉林人民出版社，2011.3（2021.8 重印）
（中华魂·百部爱国故事丛书）
ISBN 978-7-206-07533-9

Ⅰ.①铁… Ⅱ.①孟… Ⅲ.①革命故事－中国－当代
Ⅳ.① I247.8

中国版本图书馆 CIP 数据核字 (2011) 第 032593 号

铁窗难锁钢铁心
——革命先烈王若飞

TIECHUANG NANSUO GANGTIEXIN
——GEMING XIANLIE WANG RUOFEI

编　　著：孟庆宇
责任编辑：田子佳　　　　　封面设计：孙浩瀚
制　　作：吉林人民出版社图文设计印务中心
吉林人民出版社出版 发行（长春市人民大街7548号　邮政编码:130022）
印　刷:北京一鑫印务有限责任公司
开　本:787mm×1092mm　　1/16
印　张:8　　　　　　　字　数:64千字
标准书号:ISBN 978-7-206-07533-9
版　次:2011年3月第1版　　印　次:2021年8月第2次印刷
定　价:35.00 元

总　序

　　《中华魂》是一套故事丛书。它汇集了我国自鸦片战争以来一百八十余年间的近百位民族英雄、仁人志士、革命领袖、先进模范人物的生动感人事迹,表现了他们作为中华儿女的伟大的爱国主义精神。

　　爱国主义是人们对于"生于斯、长于斯、衣食于斯"的祖国的一种神圣感情,是人们对于自己民族的一种强烈的责任感和使命感,是感召和激励整个中华民族的一面永不褪色的旗帜。在一百多年的中国近现代史上,爱国主义一直激励着中华儿女为祖国的独立、统一、进步和繁荣而英勇奋斗。从"苟利国家生死以,岂因祸福避趋之"的林则徐,到"我自横刀向天笑,去留肝胆两昆仑"的谭嗣同;从"铁肩担道义,妙手著文章"的李大钊,到"青春换得江山壮,碧血染将天地红"的赵一曼;从"县委书记的好榜样"的焦裕禄,到"问鼎长天,扬我国威"的邓稼先……都表现出了强烈的爱国主义精神。正是由于热爱祖国的人们前仆后继地奋斗,国家和民族才得以生存,才能够在一次次历史危急关头转危为安,走向兴盛和富强,从而屹立于世界民族之林。爱国主义是鼓舞中华儿女历经忧患、跨越沧桑、百折不挠、自强不息的伟大力量,它贯穿于中华民族的整个历史,并有力地凝聚着五洲四海的中国人。

爱国主义是一个历史的范畴,在社会发展的不同阶段、不同时期有不同的具体内容。革命时期,需要我们为祖国的独立自主出生入死;建设时期,需要我们为祖国的繁荣富强增砖添瓦。在全国各族人民团结一心,开启全面建设社会主义现代化国家新征程的今天,我们要争做一名新时期的爱国者。新时期的爱国者要有强烈的民族自尊心、自豪感。民族自尊心、自豪感是任何时期、任何爱国者都必须具备的情感。民族自尊心能增强我们自立向上的恒心,民族自豪感能树立我们建设祖国的信心。要树立"祖国高于一切"的崇高信念,为了祖国和人民的利益不惜抛却个人的利益,甚至不惜牺牲个人的生命。我们要树立终身学习的理念,拓宽自己的知识面,广泛吸收新知识、新技术,完善自身的知识结构,更新学习知识的方法与理念,从思想上、知识上充分武装自己,为祖国的繁荣昌盛贡献力量。

爱国主义思想的继承和发扬,是关系到民族盛衰、国家兴亡的根本问题。爱国主义思想情操的形成,需要不断地培养。培养爱国主义精神的一个重要途径是向英雄人物和典范事迹学习和致敬。这套丛书的出版,对于青少年向英雄和先进人物学习,特别是对于在中小学生中进行爱国主义教育是不可多得的生动的教材。祝愿此书出版发行成功,为培养时代新人做出贡献。

胡维革

死里逃生唯斗争，
铁窗难锁钢铁心。

——王若飞

目　录

中华魂百部爱国故事丛书
ZHONGHUA HUN

探索革命真理

1896年10月11日，王若飞诞生在贵州安顺城内北街的一个地主家庭里。在若飞五岁那年，曾祖父死，庶祖母偏爱其亲生的儿女，将若飞的父亲逐出家庭，后流落外地死去。王若飞母女三人遭到庶祖母的牛马待遇。母亲整日在磨房推磨，在灶房烧饭。若飞和若芬成了庶祖母和伯父、三叔施展淫威的对象，稍不如意便是一顿拳打脚踢。若飞人矮体弱，一次为给三叔

端饭洒了一点汤，就要被罚跪。若飞就是不跪，遂被其三叔一巴掌打倒在地。从此，若飞的右耳留下了耳鸣的残疾。有一天，庶祖母让若飞去提水，他人小力微，提着水桶一路上摇摇晃晃，水溅了一身，好容易才弄到家门口。一不小心，在过门坎时，将水桶打破了。庶祖母便拿起竹板，把若飞打得鲜血直流。妹妹哭着去拉哥哥，也被庶祖母毒打一顿。若飞忍着疼痛，与妹妹一起跑出了家门。这天晚上，他们没有回家，在冷月、寒风中，兄妹俩度过了一个难忘的恐怖的夜晚。童年的生活遭遇，直接养成了王若飞沉默而倔强的性格。

在王若飞八岁那年，二舅父黄齐生不能容忍王家虐待妇女、儿童的行径，征得母亲和哥哥黄干夫的同意，将若飞接到贵阳教养。

1905年，王若飞进入贵阳达德学堂小学预备班学习，并随舅父黄齐生住宿在该校后院东南角的一间房子里。由于他从小受庶祖母、伯父和三叔的摧残，身心健康受到严重的损害。刚入学时，他满头癣疮，目光呆滞，别人问他几句话，他也不答一声，记忆力和理解力都很差，他跟不上班，只好留级。

就是这样一个孩子，在黄齐生无微不至的关怀和耐心的教育下，几年后终于恢复了正常的状态，开发

　　了智慧。他不仅跟上了班，后来还跳过级。并以品学兼优的成绩提前毕业。

　　1912年1月，王若飞怀着郁郁不乐的心情离开达德学校，由蔡衡武聘请，王若飞征得黄齐生的同意后，到群明社当店员，一面从事印刷和书法工作，一面坚持自学。由蔡衡武创办的群明社是当时贵阳市最大的

一家以经营绸布、图书为业的商号，王若飞在此工作的两年里，经常把书店的新书刊介绍和推荐给达德学校师生，进行新思想的传播活动。

1914年，18岁的王若飞又随大舅父黄干夫到铜仁矿务局工作，担任过一段文书和会计。在这里，他初步接触了工人，了解了他们的苦难生活和反抗斗争的情况，对他们的悲惨命运寄予了极大的同情。

1917年春，王若飞随黄齐生回到贵阳，在达德学校任教员。当时学校里宣传新思想、排演新式话剧的活动十分活跃。王若飞参加演出了《共和鉴》、《意大利统一》等话剧，在校内外得到好评。

这年年底，黔中道和省财政厅以半官费和官费考送留日学生，王若飞被录取官费生。

1918年3月，王若飞等到达日本东京。为了领取官费，王若飞挂名为明治大学学生，实际上完全自己看书自学而没去过一次讲堂。当时在日本，宣传十月革命的书刊开始流行，王若飞广泛搜读这些社会主义读物，开始接触马克思主义。

正当他对马克思主义钻研探讨之时，1919年国内爆发了五四运动。5月7日这一天，本是中国国耻的日子，而在日本却大肆进行庆祝活动。王若飞在盛怒之下，返回祖国，在上海参加反日的宣传活动。

1919年王若飞来到了接待勤工俭学生的华法教育会和华侨协社。到他们这批为止，从国内来法的勤工俭学生已近三百人，以湖南、广东、四川的学生最多，贵州学生是第一批。为此，《旅欧周报》第四号上专门进行了报道。

对于王若飞这样的勤工俭学生，当年的有识之士就已看出他们将来对全中国的意义。在当时的《旅欧周刊》的一篇社论里这样写道：

"留法勤工俭学生，暂不论思想、学识如何，专就形式及精神而论，确是中国未来的劳动阶级的中心人物。……请看他日国中，竟是谁的世界。"

当年这篇评论，为今天的现实所证明。在赴法勤工俭学运动中确实涌现出一大批像王若飞这样的无产阶级的革命家。

王若飞认为，入学校读书自然是"理想的事"，但他非常注重和提倡"进天然的社会学校"。他说："若要抢取几本讲义，在课堂上鬼混几点钟，然后为学，那么在中国、日本都很好研究，不必远来法国。"他特别指出："我说这句话，并不是反对人不当进学校，就是我以后也要进学校，是说吾人当治学治智，不可注重文凭，专读死书。"王若飞当时提出来的这种在社会大学里学习物质科学和精神科学，尤其是学习哲学和

社会学的方法，对于当时赴法的勤工俭学生接触社会、探索革命真理，是具有重要意义的。

王若飞从对"天然的社会学校"的这个认识出发，把赴法勤工俭学的目的概括为以下四条：

一、养成劳动的习惯；

二、把性磨定，把身炼劲；

三、达求学的一种方法；

四、实地考察法国劳动运动。

当时的法帝国主义者对于王若飞这种勤工俭学生中的先进分子的觉醒忧心忡忡。当上海的一家法文报纸派驻在贵阳的记者看到王若飞写的《圣夏门勤工日记》时，简直惊得目瞪口呆。他们立即把全部日记译出刊载在那张法文报纸上，还加了重要的编者按和专题评论。评论尖锐地指出：在法国的中国勤工俭学生有一种"很常见的心理状态"，就是"他们的思想中充满了革命的、共产主义的或布尔什维克主义的原则，要把这些原则应用到中国，并且改变他们国家的面貌"。"他们将回到中国来发动阶级斗争，并且向人民传播布尔什维克主义关于分配财产的学说"。评论惊呼："从这样的观点到在本国采取社会行动，相距只有一步之远了。"

从1920年下半年开始，资本主义世界又一次爆发了经济危机，法国的社会经济出现了一片萧条景象。工厂缺乏煤炭，电力供应不足。许多商品的销量大幅度下降。有一批工厂关门、停业，许多工厂大批解雇工人，首当其冲的又是华工、外国工人和无技术的法国工人，失业风潮冲击着整个社会。当时到法的勤工俭学生中，除在校补习法语的外，在厂作工的学生有百分之九十先后被工厂辞退。这些失去工作的学生不少人来到巴黎，住在华法教育会和华侨协社，靠他们

华法教育会大纲

华法教育会，惜有随其先进之前例，而力行之可也。本会之计画，即会纲之第二条所分之三

都，日起基础也。以忠实发传达，曰科学与教育。以学会学校为组织，曰经济与社会。为

实业与华工问题。其范围甚广，吾已右所为之。又欲组织华工俱乐部于华工所到之地，亦此

意也。此种事业，必不能免困难，吾人之所固知，然亦可胜之而不畏也。欧战之前，德国已

设大学于青岛。欲得结果，则牺牲亦巨。英国以六十兆之赔款，为助中国学生留学于美之经

费。吾人纵不妄求若大之牺牲，然亦深望法人之欲传达法国精神与物质者，有以助之也。

宗旨与组织

第一章 宗旨与组织

第一条 本会宗旨，在发展中法两国之交通，尤重以法欧科学与精神之教育，图中国道德智

识经济之发展。其作用分三部如下：

（一）哲理与精神之部分，以传达法国新教育为务，如编辑刊印中法文书籍与报章，亦

第二章 其职任

华法教育会

华法教育会

百十五

华法教育会会章

每日发放的五法郎的维持暂供款勉强度日。最苦的要算才到法的那些身无分文而入学求工皆无着落的学生。有的人得了病无钱医治，眼巴巴痛苦地死去了。

1921年1月，华法教育会为逃脱罪责，先是宣布该会并不是专门解决赴法勤工俭学生一切困难和问题的官方机构，推说来法学生"多富自治能力及新生活之精神"，提出勤工俭学的一切问题应由"学生自行组织管理事务所"来解决。接着，又于1月16日向勤工俭学生发出通告，宣称学生即将组织自己的专门机构，华法教育会从3月1日起与全体勤工俭学生脱离一切经济关系。这个通告，犹如炸雷一般，"霹雳一声，勤工俭学冰山既倒"，反应十分强烈，引出"留法学生之大波澜"。从一月下旬开始，在法学生不得不各派出自己的代表，赴巴黎商议组织勤工俭学会问题（即所谓"管理事务所"）。由于各地代表经济十分困难，仅过几日，就有人无法糊口。他们只好举出六人常驻巴黎，其余人仍然返回各地。不几日，这六人也因没有饭吃而散去。临走时，他们写了一份通告，其中有"囊空如洗"等反映情状十分窘迫的字句。当时有一篇报道，真实地描述了这种境域："学生既已失学，又无家可归。另租寓处又无款项交租金，露宿通衢则来警察干涉，沿门乞讨则法国不能容。"留法学生此时已濒临绝境。在此前后，王若飞与蔡和森、张昆弟、向警予、蔡畅、李维汉等一批新民学会会员、工学世界社社员等来到巴黎，准备进行一场斗争。

在蔡和森、王若飞等领导下，大家议定向驻法公使馆、华法教育会提出六条要求，主要是：在学生自治组织成立前，应继续负责为来法学生联系入学、找工；应继续发放失工、失学后的暂供维持费；请求政府以四年为限，每年津贴学生400法郎进校学习。还要求驻法公使馆立即通电北洋军阀政府设法解决留法学生的一切困难。

王若飞分工负责向驻法公使馆交涉，要他们设法与法国有关部门联系，解决留法学生的作工问题。但这些要求均遭到北洋军阀政府、驻法公使馆和华法教育会的推诿、甚至无理拒绝。直到二月上旬，他们的各项要求不仅没有得到满足，反而得到北洋军阀政府的这样一个回电："现时国库奇绌，在法学生之无钱无工者，唯有将其分别遣送回国，责成公使馆办理。"这也与前次停发维持费一样，犹如"霹雳第二声，勤工俭学之希望绝，已是真所谓山穷水尽时也"。

这时，王若飞与蔡和森、李维汉等一起，召集了工学世界社紧急会议，大家认为：针对这些情况，不能再坐等工作、坐等书读，要来一场争取"生存权"，

王若飞

"求学权"的斗争。会后，他们散发传单，大声疾呼："我们不能坐守待毙，甘心饿死，决定要直接行动！"

于2月27日，蔡和森、李维汉、王若飞等一起，在巴黎西郊一家大咖啡馆里召集了新民学会会友、工学世界社社友以及在巴黎的勤工俭学生代表大会，一致通过了争"生存权"、"求学权"的战斗口号，并决定第二天到驻法公使馆进行请愿斗争。

28日这一天，王若飞与蔡和森、李维汉、向警予等一起，率领请愿队伍，以女生为前导，上午九时来到驻法公使馆前面的广场上。驻法公使陈箓，先是假惺惺地接见请愿学生代表，向请愿学生发表讲话。他说：公使馆不仅不能承担学生的临时维持费和长期的求学费，就是公使馆的需款，国内已有几个月没有汇来了，经济已"挪借俱穷"。王若飞与蔡和森等早已料到陈箓的把戏，要求他立即向国内发电请示。陈箓无理拒绝学生的这一请求。在交涉的过程中，学生们早已怒火中烧，一齐冲到陈箓面前向他大声讲理。陈箓见众怒难犯，且说且退，往公使馆遁去。请愿学生也紧追不舍，这时早已埋伏在附近街道的法国警察突然冲出。他们狂暴地用枪托和警棍殴打学生，还用分隔包围的办法，将学生队伍冲散，逮捕、拘留了男女学生十余人，有许多学生被打伤。有一个同学在冲突中被电车轧死。事后，王若飞在巴黎、蒙达尼等地继续发动和组织更多的勤工俭学生支持和声援这场斗争。这就是"二八运动"。这次请愿斗争，虽没有全部实现原来的要求和达到预期的目的，但也迫使驻法公使馆和华法教育会答应延长三个月的维持费，应允继续为失工、失学的学生联系作工或入学。

"二八运动"参加的人数不到全部在法勤工俭学生的四分之一。原因是在这次运动发动前，在勤工俭学生中，对于怎样开展勤工俭学和怎样改造中国等问题上存在不同意见。以赵世炎、李立三为首的劳动学会和支持他们主张的两位老教育家徐特立、黄齐生都认为：要想在法国坚持勤工俭学，就要尽可能争取到工厂去作工，要革命，第一步就是要把华工组织起来，在他们中间进行工作，也只有在这个过程中，才能学会组织工人、领导工人运动的本领，为革命培养干部。

以蔡和森、向警予等为首的一批人则主张要革命，就要有知识。有知识就必须求学，主张发动求学运动，要求国内政府给勤工俭学生发津贴费，解决入学问题。通过求学来深入研究马克思主义，回国后进行无产阶级革命。

王若飞的主张倾向于赵世炎、李立三他们的观点，对蔡和森他们的主张也充分理解。王若飞参加过赵世炎等人发起的社会主义研究社和旅行（或称通讯）图书馆的筹备工作和活动。他也参与了蔡和森领导的"二八运动"。

在此前后，王若飞往来于圣夏门、巴黎、蒙达尼等地，了解各地情况，加强了持两种意见的人的联系、了解与信任。接着，王若飞也搬到蒙达尼来，有时在公学补习法语，有时与李维汉，肖三一起到附近一家胶皮制品厂作工，更为沟通两种意见起了重要的桥梁作用。为了更好地团结赴法勤工俭学生的各种组织和广大群众，赵世炎、李立三发起组织了勤工俭学会。在法的大多数勤工俭学生都参加了这个组织，形成了一支拥有一千五百多人的共同团结的重要战斗力量。王若飞是这个广泛联合组织的主要负责人之一。

从1921年底开始，赵世炎等受中共中央委托，并根据旅欧党小组的安排，积极进行筹备建立旅欧青年团的工作。赵世炎写信给王若飞，征求王若飞对建团的意见。赵世炎的信正好满足了王若飞建立共产主义组织的迫切愿望，于是王若飞四处宣传建立革命组织的重要意义，积极动员勤工俭学生与青年华工参加这个组织。

这年秋天，王若飞与陈延年等人被补选为"旅欧少共"的执行委员。不久王若飞同赵世炎、陈延年、陈乔年、肖三等人。由阮爱国介绍，参加了法国共产党。根据当时的规定，凡是参加第三国际所属支部的党员都可以成为他所属国籍的党组织的正式成员。不久，经过申请并得到国内中央来信，承认王若飞为中国共产党党员。

1923年春天，王若飞与赵世炎、陈延年、陈乔年

等人，根据党的决定，到苏联莫斯科东方大学学习。在学习讨论中，王若飞注重领会马克思主义的精神实质，悉心研究中国革命的问题。他力求把理论与实际结合起来，注意抓住本质，学以致用。

经过两年的刻苦学习，王若飞在参加了共产国际第五次扩大会议之后，于1925年3月，根据党的指示返回祖国，开始了他职业革命家的战斗生涯。

磊落胸怀昭日月

1925年1月，为了加强党对日益高涨的革命运动的领导，中国共产党在上海召开了第四次全国代表大会，会议第一次明确提出了无产阶级在民主革命中的领导权和农民同盟军问题，使党初步确立了新民主主义革命的基本思想。同年三月，中国伟大的民主革命先行者孙中山先生在北京逝世。全国各地继承中山遗志开展着轰轰烈烈的国民会议促成会的运动，反动军阀头目段祺瑞则阴谋组织"善后会议"破坏国民会议的召开。王若飞就是在这样的形势下，于四月到达上海。

这时上海爆发了纱厂工人大罢工，强烈抗议日本资本家枪杀工人顾正红。王若飞在《向导》上发表了《在枪杀中国工人中日本帝国主义者对于上海市民之威胁》一文。他热情歌颂了上海工人阶级的英勇斗争，他写道："这次罢工，工人所处的政治经济环境虽十分艰难，然而他们奋斗的勇气却非常之高，于此可见中国工人阶级在反帝国主义的民族革命战争中确实是这个革命的先锋队。"

在这篇文章中，王若飞对各界人士对罢工应采取的态度进行了恰如其分的评论。他指出，全国的工人和农民应该一致支持这次罢工；国民党应该对于这种反对帝国主义压迫的罢工有具体实际的援助；市民、学生应该组织"同胞雪耻会"，进行讲演、募捐，当好罢工工人的后盾。他严厉批评了"大资产阶级、士绅阶级……漠视民族斗争的冷血态度，不仅为劳苦群众所仇视，凡有血气者将无不冷齿而鄙视之"。王若飞站在民族革命的立场，正确指出不同阶级、阶层在运动中的不同态度，为后来"五卅"运动中形成的以工人为主体、由各界参加的反帝统一战线制造了舆论。

王若飞

1925 年 5 月，为发

展国共合作的统一战线，加强北方的军事运动，根据北方党组织和李大钊的建议，中共中央派遣王若飞到河南从事军事统战工作。

王若飞奉命从上海到北京，与李大钊商谈了河南的工作。约在六月初，到达河南郑州。6月7日，他以全国总工会代表的身分在郑州召开的声援"五卅"运动的群众大会上发表讲话。

根据国民军第二军军长兼河南督军胡景翼的原计划，王若飞首先帮助二军在开封创办了北方联合军校。1925年6月，苏联派来了以西拉尼为组长、拉平为参谋长的顾问组到河南，包括顾问三十多名，著名的加伦将军也将奉命前来。王若飞在苏联顾问组的帮助下，协助岳维峻建立了二军管理指挥中心——司令部。接着，在已有学兵营的基础上，又开办了模范营，派遣共产党人在这两个组织中去开展工作，发展党员。王若飞在邀请苏联顾问对这两个营进行军事训练的同时，还抓紧对学员进行政治教育。他从学员中选派了一些有觉悟、有才干的青年去苏联学习。在学兵营、模范营的基础上，开办了四个炮兵班，一个通讯班、九个步兵班、两个骑兵班和一个工程班，使北方联合军校初具规模，提高了二军的军事素质和战斗力。

但是，没过多久时间，在二军内就为军校的官员任命和办校宗旨发生了不同派别的争论。反动军阀吴佩孚也在外面制造舆论，攻击二军"增加了赤色危险"。岳维峻在这种内外交攻的情势下，不愿再继续执行我党从前与胡景翼协商好的全面计划。对于岳维峻的转向，王若飞从上层到基层都做了不少工作，但已无法改变这种情势。

王若飞在这样的情况下，根据党的指示，从主要做军事统战工作改为主要做党的工作，出任豫陕区党委书记，负责组建豫陕区委。

区委建立后，王若飞首先抓了工人运动。河南工人运动具有光荣的革命传统，王若飞在著名工运领导人张昆弟、李振赢、王荷波、刘文松等人的协助下，正确总结了二七罢工斗争的经验教训，很快恢复和发展了京汉铁路和豫丰纱厂的工会组织和活动，并重新建立和健全了党支部，有组织、有计划地开展了工人运动。在郑州工人运动的带动下，七月间焦作煤矿工人举行了罢工。这次罢工斗争不仅得到学生、市民、商人的支持，甚至连二军驻焦作的部队官兵都参加了游行示威。为加强和扩大焦作煤矿的罢工斗争，王若飞又派李振赢、王荷波深入焦作进行指导。很快，这场罢工浪潮扩展到河南大中城市和重要厂矿，并在罢工中扩大了工会组织。根据斗争的发展，八月间王若飞亲自主持召开了省总工会筹备会议，九月间正式成立了河南省总工会，京汉铁路全路工会恢复后的第一次代表大会也同时召开，将河南工人运动推向了新的高潮。

郑州『二七』纪念塔

在工人运动的带动下，河南青年运动也高涨起来。在王若飞和党中央派来加强对青运领导的李求实的领导下，七月间开封成立了共青团市委，代行豫陕区团委的工作。八月间在开封成立了省学联。在区团委和省学联的领导下，整顿了全省的学生组织，密切了学生会与全体师生的关系。暑假期间，区委举办了政治理论讲习会，王若飞应邀作了《帝国主义与唯物史观》的专题讲座，受到了青年和学生的热烈欢迎。这年，由于学生参加爱国运动耽误了一些学业，学校当局以补考不及格或降级或开除相威胁，于是开封学生发动了一场反对补考的斗争，最后取得了胜利。青年、学生运动的蓬勃发展，进步社团和学生自办的报刊如雨后春笋般地到处涌现，王若飞不仅注意指导这些进步社团的活动，还亲自撰稿供他们的报刊发表，从而使河南青年、学生运动沿着健康的道路向前发展。

在广东、湖南农民运动的影响下，王若飞注意对河南农民运动的领导。这年十月间，他根据李大钊要巩固后方，必须发动农民，组织农民协会的指示，专门召开会议研究讨论了河南农运工作。他派人下乡，从调查研究入手，深入了解农民经济上所受的剥削和政治上所受到的压迫，着手组织农民起来斗争，郑州郊区成立了区农民协会。接着，全省许多地方也成立

王若飞雕塑

了农民协会和农民自卫军。到1926年全省已有一百多个农民协会，有十万人参加了农会组织。

　　1925年夏天，北方区党委派李培之等到河南开展工人运动与妇女运动。李培之到河南之后，往来于郑州、开封之间，出进于豫丰纱厂，发动工人和妇女参加革命斗争，并负责编写《工人周报》。王若飞对《工人周报》和工运、妇运工作给以热心的指导，帮助李培之开展工作。李培之感到王若飞没有上级领导人的那种威严和曾到外国留学的那种盛气，平易近人，亲切热情。在共同的斗争中，他们彼此建立了感情，当年秋天在河南结婚。她与王若飞结婚不久，就受党的派遣到苏联莫斯科中山大学学习。一直到1928年6月党的"六大"

时，王若飞在莫斯科才与李培之再次团聚。

从1926年初离开河南到1927年4月召开党的第五次全国代表大会期间，王若飞一直担任中共中央秘书长工作。

从党的"四大"以后，党中央的领导机构虽然较前健全，设立了组织部、宣传部和中央职工运动委员会以及中央秘书处，但作为中共中央第一任秘书长的王若飞，担负的工作还是十分复杂和繁重的。当时陈独秀是中央书记兼组织部长，并直接领导中央秘书处的工作。王若飞则直接总揽各项具体工作。中央的一切决定均由秘书处形成正式文件，然后让各地方组织办理。因此，事无大小，王若飞都需亲手经管，有时忙得彻夜不眠。据当时共青团中央代理书记肖三回忆："记得中央每次开会都是王若飞同志自己作记录。在不大的房间里，在淡淡的灯光下面，他胖胖的手，圆圆的指头，写起字来是那样的迅速，每个人说的话他总是一个字都不漏地记了下来。"若飞的工作是十分勤奋、认真、刻苦的。

王若飞在紧张繁忙的工作中，根据当时党的政治任务和斗争策略，及时撰写了不少有影响的政治评论。王若飞总结了"五卅"运动的历史经验，正确评价了工人阶级在民主革命中的领导地位。他认为"五卅"

运动是"全国各阶级一致联合向帝国主义进攻"的伟大运动。其突出的意义在于:"不仅把这一运动由一地的扩大成全国的;并把这一运动从一阶级扩大到各阶级",因而得到相当的成功。

他分析了各阶级在运动中的表现:在帝国主义的贿买、欺骗和恐吓下,小资产阶级动摇,民族资产阶级妥协,大资产阶级从中破坏,"只有"工人阶级是帝国主义"最可怕的敌人",是"彻底反对帝国主义者",是"'五卅'运动的主力军",表现出"革命的不妥协精神,足为国民运动的领袖"。

王若飞在1926年4月,对如何从思想上准备北伐提出了自己的意见,一方面是肃清广东内部的反动派,巩固广东革命的政权;一方面是扩大联合战线的组织,取得农民,取得城市小资产阶级,以免工人阶级孤立,"甚至必要时还要取得资产阶级、取得不与帝国主义发生关系或反抗大军阀的武力",他强调指出:"我们能胜利与否,就在我们能否应用这一联合战线策略。"

王若飞在北伐战争前写的这些政治评论,显示了他马列主义的理论水平和分析实际问题的能力,表现出他善于在复杂的敌我斗争中正确运用党的方针和政策,特别是在领导工农革命运动,不断扩大统一战线,团结一切可以团结的力量,反对帝国主义和打击最顽固、最反动的军阀方面做出了重要的贡献。

阳翰笙曾回忆道："'五卅'运动前后，我在上海就认识了若飞，那时我的印象，他是一个非常能干，也非常泼辣、有时还喜欢用讽刺的态度嘲骂敌人的革命家。"肖三也对此有深刻的印象，他说：王若飞的文章和言论，"滔滔雄辩的论证"，"使得一切反动派丧胆！"

1927年8月7日，在共产国际的帮助下，中共中央在汉口召开了紧急会议。这次会议总结了大革命失败的经验教训，结束了陈独秀右倾投降主义在中央的统治，确立了土地革命和武装反抗国民党反动派的总方针，并把发动农民举行秋收起义作为当时党的最主要的任务。"八七"会议后，中央派邓中夏任江苏省委书记。王若飞继续担任省委常委、省农委书记。当时农委的秘密工作机关设在泥城桥附近的一家过街楼上。

王若飞与邓中夏等省委负责同志一起，根据当时江苏特别是上海仍处于白色恐怖的环境下，没有急急忙忙地去发动农村和城市暴动。他们在把主要精力放在恢复和整顿党的组织方面。王若飞与省委同志对上海外县农村党的工作强调了三点，一是派人到外县巡视，切实改组外县组织；二是在县委机关中增加了工农分子，三是提出了"到农民群众中去"的口号，改

铁窗难锁钢铁心

变过去只做机关和学生运动的做法。经过对党组织的
恢复与整顿，从十月份开始，他们进行了秋收暴动的
准备工作。

　　王若飞还指派农委干部黄逸峰几次到处于上海、
苏州、嘉兴三角点的中心青浦，深入群众，参加会议，
了解情况，帮助县委书记夏采晞、组织部长陈云和武
装部长吴志希，把这里的农民减租斗争引向农村的秋
收暴动。为了准备江苏农民暴动，王若飞与农委干部
徐文雅一起，在北四川路桃源坊举办农民干部讲习班，
训练江北农运骨干，为发动江苏农民暴动进行了具体
的组织准备和思想准备。

　　宜兴暴动打响后，王若飞等以省委名义去信，祝
贺宜兴"勇敢地举起了工农革命的大旗"，向他们提出

了省委要他们注意执行的九条意见，其中强调说："虽然占领了县城，但广大的农民群众却在乡下，绝不要因为占了县城，反与群众离开，而是占了县城更使革命影响扩大，使四乡农民通通起来，使乡村的争斗更为激烈，纵然以后南京政府派来大兵，也至多得一片空城，乡村农民政权仍不会消灭，反一天天地蔓延扩大。"这项指示无疑是及时的、正确的。

这个期间，黄齐生听说王若飞在上海，就与妹妹黄固贞一起到上海找王若飞。王若飞也听说舅舅和母亲到了上海。但出于保护党的机密，他没有去与母亲和舅父相见。青浦暴动失败后，县委武装部长吴志希被捕。恰巧监管吴志希的敌军营长是黄齐生的学生。于是，王若飞写了一封署名"如飞"的信，让黄逸峰去法租界西门路找黄齐生设法营救。黄齐生一见这封署名特殊的信，心里就完全明白了其中的用意，答应一定想尽办法营救吴志希。临行前，黄齐生对黄逸峰说："你如遇到王若飞，请告诉他，我很好，要他安心工作。"黄逸峰将此情况告诉了王若飞，他说："舅舅是了解我的！"谁知，未等黄齐生的营救信送到那个营长手里，吴志希已在松江英勇就义。

此后，王若飞仍然没有去看母亲和舅父。有一天，王若飞路过泥城桥畔，正巧遇到了黄齐生，甥舅相见

喜出望外，舅父黄齐生怀疑自己是在做梦。他们两人相偕走入一家饭店，叙谈别后经历。王若飞向黄齐生介绍了世界发展的趋势和社会主义国家苏联的建设成就。黄齐生对王若飞说："你妈妈现在上海，你为什么不趁此机会见一面呢？"舅父的话激起了王若飞对母亲深沉的怀念，他沉默良久，低头不语。最后答应找一个晚上去看母亲。

分别将近十年后的一个夜晚，王若飞来到了母亲的身边。母子相见万分激动。他们来不及叙说别后母亲过着的漫长孤寂岁月和若飞经历的火热的革命斗争，而很快又要分别。王若飞深知母亲需要他来抚养。而国家和人民的苦难又需要他去进行革命斗争。在离别前，他在屋子里来回不停地踱来踱去，半天不说一句话。有时坐在凳子上，把头伏在膝盖前，两手捂着头，默不作声。母亲很能理解王若飞的心情，知道他此时此刻有说不出的隐衷，毅然对若飞说："我当然不能勉强你的所为，我深信你的一言一行会合乎真正做人处世的道理。你去吧，不要担心我！"从此，王若飞便告别了母亲，一心扑在了革命事业上，直至牺牲也没有再与母亲相见。

正如其他的无产阶级革命家一样，在我党领导革命运动的初期，由于经验不足和认识上的偏差，王若

飞也有过思想苦闷，有过某些挫折、错误。问题在于如何正确对待这些错误和总结历史的经验、教训。

王若飞担任中共中央秘书长期间，曾犯过右的错误。例如，在蒋介石一手制造的"三二〇"中山舰事件以后，在陈独秀妥协退让的指示下，他错误地让广东省委"搜罗反动派的阴谋，促蒋觉悟"，并要求广东省委"避免一切可以引起冲突之误会"，"不可在组织上和策略上有左稚的毛病。"对于这个错误，王若飞在《自传》中检讨说：当时"陈独秀在政治上和组织上均实行其家长式的领导"，"应该承认我在当时对许多问题的认识，都很幼稚，不能深刻认识陈的错误，盲目地信仰执行，自己应当负一部分很大责任。"

1927年4月至5月，在党的"五大"上，由于王若飞对当时客观的形势与党的最高领导机关内分歧意见认识不清，思想上"感到非常苦闷"。对于这时的苦

闷，王若飞在后来总结"五大"的历史经验、教训时指出："当时在一些工作上，全党毫无例外是彷徨的。只有毛主席当时是看见一些问题，然而他并未在中央负责。即使在中央也不能彻底改变当时的情形，党员还不能认识自己的领袖。"

在党的"八七"会议以后，邓中夏、王若飞主持江苏省委期间，在江苏暴动中具体出现过两个问题，一是开始偏重于夺取城市政权，王若飞甚至曾幻想过"占领沪宁"；二是有些做法盲动冒险，如，在城市用"硬打手段，逼迫工厂罢工"，在农村暴动时曾提出"走一路杀一路"，对于暴动甚至"带点强迫性质亦可"。对于这两个问题，王若飞觉悟较早。在1927年党的十一月扩大会议前，王若飞、杭果人和徐文雅一起曾去向瞿秋白汇报无锡暴动的经过，王若飞指出了暴动中的盲目冒险的一些具体做法，但却受到了瞿秋白的批评，说他是"右倾动摇"，还错误地指责他是"失败后逃跑回来的"。后来，王若飞在自传中写道："1928年春，已深深感到当时在上海工人的斗争方式和沿沪宁线农民斗争方式不能再用过去武装斗争的一套，但对于新的组织形式和斗争方法还在摸索。"

通过以上这些事实可以看出，王若飞从未讳言自己历史上的缺点、错误，而且敢于实事求是地加以说明，丝毫不推卸自己应负的责任，向党敞开了共产主义者的胸怀，露出了一颗无限忠诚的赤子之心。

在党的"六大"上，王若飞被选为出席共产国际"六大"的中国代表。国际"六大"后，王若飞为加深对马列主义理论的研究，曾诚恳地要求留在莫斯科学习。当时的中央考虑了他的这一请求，决定让其参加中共中央驻共产国际代表团，担任驻农民国际代表。

由于农民国际的工作不多，王若飞主动到共产国际直接领导的一所高级党校——列宁学院学习。

在入学考试的时候，当时在该校学习的潘家晨代

莫斯科红场

表瞿秋白（中共驻共产国际代表团团长）到场，向该校考试委员会反映了王若飞的情况。潘家晨认为，王若飞与陈独秀关系密切，不宜进入这所学校学习，说这话时，王若飞在场，他说：

"我不否认我犯过错误。革命失败了，陈独秀要负主要责任，但我也不是没有责任。我不能像那些事后诸葛亮一样，把责任推给别人，好像自己一贯正确。请问你们在紧急关头提出过什么建议？不过也是跟着走罢了。我不但犯过右的错误，而且还犯过左的错误。我并不打算隐瞒这些。"

列宁学院的主考人听完王若飞这一席话，赞扬说："好一位勇敢坚定的同志！"

这时，潘家晨又说："你当过陈独秀的秘书。"

王若飞回答说："我担任过中国共产党中央委员会的秘书长，不是陈独秀个人的秘书。"

这时，主考人插话说："这是另外一回事，您还有什么话要说？"

王若飞说道："中国革命遭到如此重大的挫折，我的心情是非常沉痛的。但我相信我们党会接受经验教训，今后一定能把中国革命引向胜利。"

这时，主考人马上说："王若飞同志，您被录取了！"

在这次考试不久，有一天王若飞遇到瞿秋白，曾向瞿秋白提出质问："你们这样对待我，难道我是反革命？"

瞿秋白回答说："那倒不是，你是忠于革命事业的。但你对陈独秀有感情，并且老认为革命失败似乎我们都应当和陈独秀一样地负责。"

王若飞说："我反对自封布尔塞维克，反对事后诸葛亮。

听了这些话后，瞿秋白最后说："唉！你实际上是个忠诚的人……"

王若飞这种胸怀宽广、光明磊落的优秀品质，确实闪耀着崇高的思想光辉。董必武说他："磊落胸怀昭日月"，是对王若飞的正确评价。

铁窗难锁钢铁心

1931年"九一八"事变以前，日本帝国主义加紧实行其侵略中国的既定方针，在我国东北蓄意制造事端，寻找武装进攻中国的借口，公然叫嚣对中国采取"强硬政策"，声称要"根本解决满蒙问题"，并着手调兵遣将，蠢蠢欲动。

在我国西北地区（当时包括内蒙古、陕西、甘肃、

宁夏、山西等地），第一次大革命失败以后，这些地方的党组织遭到很大破坏。1929年党中央派云泽（即乌兰夫）从苏联回国，在内蒙古地区重新开展工作，他的主要任务是组织农民协会，培养蒙古族干部。因此，在1931年以前，整个西北地区仍然没有建立起统一的党组织。为加强党对西北地区革命的领导，适应即将到来的严重局面，中共中央决定派遣王若飞回国，建立西北地区统一的党组织，领导这里的革命斗争。

1931年7月，我党驻莫斯科共产国际的代表正式通知王若飞回国。同时被派遣回国的还有莫斯科步兵学校中国队队长吉合，党支部书记潘恩普等。他们分别阅读了党的文件和有关材料，熟悉了西北各省的政治、经济、民族等情况。不久，他们三个人在共产国际办公大楼第一次会面。那时吉、潘二人还不认识王若飞，只见站在他们面前的是一位个子不高，身材微胖，脚穿棕色皮鞋，下着米黄色裤子的三十多岁的中年人，外表显得憨厚、持重。经介绍，他叫聂莫采夫（这是王若飞在苏联时的化名），汉名黄敬斋，是一位农民运动专家。吉、潘二人对他很是尊重。

经过短时间的准备，七月底，三人分头从莫斯科出发，相约到蒙古首府库伦（即现在的乌兰巴托）集合。

八月初，王若飞等到达乌兰巴托。在共产国际驻乌兰巴托代表的协助下，他们集中进行了一段时间的学习，共同研究了当时中国国内的政治形势，明确了回国后的任务和工作方式，并根据中共中央的指示，成立了中共西北特别委员会，由王若飞任书记，吉合任军事部长，决定将西北特委机关设在宁夏。当时党中央给他们的任务是："发展并组织西北的革命运动，尤其以民族运动为中心"，调查西北情形及西北各地党的活动情况，向党中央作一详细报告。党中央并指示他们要与内蒙古原有党组织取得联系。对于回民暴动要尽量参加，宣传列宁主义的民族自决精神，并充实到他们的组织中去，打入群众之中。

准备工作就绪之后，将回国的同志分成东西两路。东路有王若飞、吉合，由朱实夫任交通，首先前往归绥；西路有潘恩普、阿尔其，由巴达玛任交通，直奔宁夏阿拉善定远营。最后两路在宁夏汇合。

九月初，王若飞一行从乌兰巴托出发，坐汽车到达蒙古边境的乌得，在那里他们买了些羊皮、骆驼，化装成商人。王若飞仍化名黄敬斋，吉合化名张其胜，朱实夫用了他俄文名字的译音——谢德林。从此，他们便以黄掌柜、张掌柜等相称。这三个"旅蒙毛皮商"请来当地的陈老三拉着骆驼，踏上了归国的途程。

第一天走到半夜，进入了内蒙古苏斯特境内，经

陈老三辨认,才知道前面是蒙古德王府所在地。为避免麻烦,他们索性又返了回来。第二天又换了一条道路登程。

八、九月间的内蒙古草原上,气候变幻无常,正是谚语所说的"朝穿皮袄午穿纱"的季节。早晚天气很凉,到了中午,天空骄阳似火,无边的大沙漠被晒得灼热逼人。有时暴风卷起热浪,飞沙走石,连帐篷都搭不起来。凡有经验的人都知道,越是天气恶劣,行人越是不能停留,如果找不到水,就有渴死在沙漠里的危险。因此不论天气怎样,他们都要不停地向前赶路。

九月底,王若飞一行到了蒙古与归绥往来通商的必经之地乌兰花。他们将骆驼和所驮的皮货交给了朱实夫和陈老三处理。这时,王若飞换掉皮袄、皮裤,穿上了崭新的黑色棉袍,头戴一顶貂皮帽,走起路来大摇大摆,显得十分阔绰,俨然是一位富商。为了隐避和合乎他的身分,他们雇了一辆轿车,前往归绥。

行至中途。他们在武川用饭时,有个国民党兵提出要搭他们的车。作为"商人",对于当兵的要求是不好拒绝的,只好让他上了车。

到了归绥,王若飞住进泰安客栈。那个搭车的国民党兵也跟他们一起住在泰安客栈。王若飞警觉地感

铁窗难锁钢铁心

——革命先烈王若飞

到情况不对头，就让吉合赶快离开归绥先去包头。

　　一天晚上，王若飞刚好外出，几个警察来到泰安客栈，搜查了他所住的房间，并命令客栈老板把王若飞的行李衣物全部扣下来，等候检查。

　　王若飞得知客栈中出了问题，立即找朱实夫商量办法。因为朱实夫是当地蒙古族人，在这里的熟人很

多，他很快找到一个叫奇新民的人。此人当过准格尔王爷的卫队长，性格好打抱不平，与当地党的地下工作者有联系。这时他刚从南京军校学习回来不久。当朱实夫向他说明情况以后，他便穿着中央军校的制服，怒气冲冲地走进泰安客栈，质问客栈老板为什么要扣留黄掌柜的行李。客栈老板一时弄不清他的来头，被他那威风凛凛的劲头吓住了，只好把扣留的行李、衣物交出来。没等老板向警察局报告，奇新民便雇车很快把行李拉走了。王若飞在归绥脱险后，便立即前往包头。

十月间，王若飞与朱实夫到了包头，在复成元街商贾云集的泰安客栈住下来，以收买烟土为名，混迹于来往包头的商人之中。他到绥西宾馆找到吉合，告诉他从归绥客栈脱险的经过，两人对这件事进行分析，认为警察局查抄客栈肯定与搭车的国民党兵有关，但不能确定他们是政治目的，还是企图敲榨钱财。王若飞对吉合说："不管是哪种情况，我们都必须提高警惕。"他还说："做地下工作，一是眼睛要多看；二是耳朵要多听；三是脑子要多想。我们住下来先要多看看，多听听，然后根据情况决定对策。"

通过朱实夫的联系，王若飞与内蒙党组织负责人云泽（当时化名陈云章）接上了关系。王若飞听了云泽对这个地区党的组织和工作的汇报，然后传达了党对内蒙古工作的指示。他说，党在目前的中心任务，是长期地、秘密地保存力量，做好民族工作，逐步开展武装斗争；在内蒙古地区开展土地革命，建立革命根据地。为此，首先要深入做好群众工作和民族工作，在蒙汉广大群众中，宣传党的民族政策，反对大汉族主义；实行民族团结互助，开展群众运动；同时还要开展武装斗争；要在地方民族部队中开展党的工作，发展党的地下组织。

王若飞根据内蒙工作的实际需要，针对日本帝国主义策动德王所搞的民族分裂阴谋，他与云泽商议，组织一个我党的外围革命群众组织——"内蒙平民革命党"，亲自起草了《内蒙平民革命党宣言》。宣言着重宣传了党的民族政策，号召蒙汉人民团结起来，反对外国侵略者策动的"自治运动"，动员蒙族广大人民群众，投入抗日斗争。

为进一步检查内蒙古地区党的工作情况，王若飞提出一个开辟内蒙古西部地区的工作计划。为深入指导这个地区的工作，王若飞不畏艰苦，深入到包头西北部的五原。他请熟悉这地区情况的三德胜做向导，住在五原一个基本群众黄根成的家里，对这里的工作亲自作了实际调查，并给予具体的指导。当他看到五

原地区党的工作开展起来后，便返回了包头。

王若飞到蒙古以后，就密切注视着陕北红军的活动，准备与他们取得联系。一天，《包头日报》上登有红军活动的消息，报道红二十四军从山西出发，沿途和阎锡山的部队作战，打到了陕北的府谷、神木一带。王若飞看到这条消息高兴极了，他终于找到了红军活动的线索，便立即去找吉合商量，决定派吉合到陕北寻找红军，并附带了解西路潘恩普等在宁夏的工作情况，约定与他们在宁夏汇合。

对于吉合去陕北找红军的活动，王若飞做了周详的考虑和安排。他让吉合化装成医生，并找来奇新民作吉合的助手，负责护送吉合走出大草原。临行前，王若飞特地买酒为吉合饯行。他知道吉合很爱喝酒，便反复叮嘱吉合出去以后不要多喝酒。他说："做地下工作，要对自己的酒量严格控制，以时刻保持清醒的头脑。每住到一地，要善于观察，要把周围的情况搞清楚，以防万一。遇事要机敏，又要镇静，要从容应付，善于对答。"最后他深沉地对吉合说："一旦出现意外，一定要沉着冷静，在敌人面前要想出尽量合乎情理的口供，而且始终不变。如果遇到叛徒，要一口咬定不认识，或设法使敌人对这个叛徒不信任。到了最严重关头，一定要牺牲自己，保存组织。"吉合边听边点头，把若飞的话深深记在心里。

十月中旬，王若飞送走吉合，依照计划，他自己将动身前往宁夏。

在王若飞去宁夏之前，内蒙古地下党组织负责人云泽将一份内蒙工作报告（包括党的地下组织情况）和一份《告全旗蒙民书》交给了王若飞。这一天，若飞走在包头街上，发现一个人在跟踪他。他将此事告诉了云泽；云泽劝若飞多加注意或赶快转移。若飞说："不要紧，明天就走！"于是决定第二天一早启程。

11月21日晚上，一群宪兵和警察突然闯进包头泰安客栈，他们以查店为名，直奔王若飞的住室，进行了全屋大搜查。这时王若飞身上带有云泽给他的工作

报告、《告全旗蒙民书》和他自己起草的一份工作报告，都藏在他穿的裤兜里。为保卫党的机密和革命同志的安全，他急中生智，趁解衣之时，迅速将文件掏出塞进嘴里，拼命往肚里吞，敌人发现后，用力卡住他的脖子，不让他吞下去。他使劲用牙齿将纸嚼烂，但云泽的"工作报告"是用包头的麻纸写成的，纸质好，且有八页之多，经过一场激烈的搏斗，王若飞已憋得喘不过气来。他自己用香烟纸写的工作报告，已被他吞进了肚里，云泽写的工作报告和《告全旗蒙民书》则被宪兵从他嘴里掏了出来。然后，敌人将王若飞带到了警察局。

王若飞被关进警察局的暗室里。他从敌人的谈话中，知道他们已经掌握了自己的身分和来历。他想，隐瞒身分已经不可能了，便决定以公开的共产党员的立场，同国民党进行面对面的斗争。

第二天，警察局对王若飞进行审问时，他们把从王若飞口中掏出的破碎文件烘干熨平，拿着它得意洋洋地向若飞质问。王若飞公开承认自己是一个共产党员。此次奉中国工农苏维埃政府的命令，来绥远调查蒙古人民有没有受日本帝国主义的煽动和迷惑，并组织人民进行反对日本帝国主义的斗争。敌人将文件中的名字一个个提出来，问他们的住址和联系办法。王若飞说："你们只能抓住我一个人，至于想知道我们同志的真实姓名和住址那是妄想！"此后，他对敌人的追问一律拒绝回答。

包头警察局对抓到黄敬斋这样的"大共产党"抱有很大幻想，妄想通过黄敬斋的口供，把内蒙的共产党员一网打尽。但在王若飞的强硬态度面前，他们感到束手无策。于是便以死来威胁他，企图使王若飞屈服。

一天夜里，敌人闯进了关押王若飞的暗室，他们用枪口对着王若飞，杀气腾腾地说："只要你说一个'招'字，马上就开庭，你说一个'不'字，马上送你回老家！"王若飞毅然答道："'招'字早从我的字典中抠掉了！"于是，几个全副武装的警察，把王若飞押

到包头北面的野地里，用八条枪口对准了他。在黑夜沉沉的旷野上，他从容不迫地整整衣裳，昂然挺立，准备为党和人民的事业献出自己的生命。

突然，敌人讲话了："这是最后的时刻，人生在世，就这样完了吗？再给你几分钟的时间，好好考虑一下。"若飞断然回答："用不着考虑了，开枪吧！"十分钟过去了，敌人仍然没有开枪。若飞明白了，这是敌人在玩弄假枪毙的伎俩，立即义正辞严地揭露说："你们想用死来恫吓我，让我出卖自己的同志，这套把戏对共产党人来说，是没有用处的。"带队的特务见阴谋已被揭破，只好丧气地又把王若飞带了回来。

在敌人的想象中，黄敬斋在刑场上的最后时刻总会低头的，准备拉回来马上审讯。听了带队特务的汇报之后，他们大失所望。

过了两天，警察局长亲自上阵，对王若飞进行第一次正式审讯。审讯一开始，警察局长就以权势和酷刑威胁王若飞，拿着腔调说："我可以要谁死，也可以要谁活，只看你是个读书人，我们还可以客气地谈谈，不动大刑。要是把我惹火了，那就只好先礼后兵了！"接着问道："你们的人在哪里？"王若飞回答："长城内外，大青山下，蒙古草原，到处都有。""你们不要以为杀害一些共产党人，就可以扑灭革命的火焰。那是愚蠢的妄想!"

这时,王若飞想利用这最后的时刻,给党和人民留下些文字材料,他趁机向敌人索取笔和纸。敌人以为他要写供状,就连忙给他拿来了纸、笔和墨。王若飞握着这在狱中难以得到的笔,心中涌起无限的革命激情。他奋笔疾书,写下了自己对共产主义的信仰和为无产阶级革命事业奋斗的决心,阐述了中国共产党救国救民的革命真理;他把国共两党的言行作了分析比较,列出国民党蒋介石卖国残民的十四条罪状。

警察局长还没等王若飞写完,就亲自跑来窥察。当他发现王若飞写的不是供状,而是宣传革命、揭露蒋介石的罪行时,他怒吼了,"我要的是共产党员的名单!"王若飞笑着说:"名单你是永远也得不到的!"无奈,他们只好把王若飞的笔、墨全部拿走。

经过几个回合的较量,敌人感到从王若飞的嘴里得不到他们所需要的东西。而王若飞长期留在包头,可能会发生问题,于是他们决定把王若飞解送归绥,交绥远省政府处理。

绥远高等法院对黄敬斋的案情十分重视,不久就开庭审讯。审讯那一天,法庭上戒备森严,伪高等法院院长和法官端坐台上。审讯开始,法官问:"黄敬斋!你参加共产党后有什么犯罪活动事实?"若飞反问

包头市学生团员代表参观王若飞革命纪念馆

道："我问你，什么叫犯罪？"法官说："犯罪就是你触犯了危害民国紧急治罪法！"若飞抓住这个问题进行了有力的回击："什么民国！你们是骑在人民头上作威作福的一群强盗！所谓'紧急治罪法'，无非是保护大地主、大资产阶级的法律！试问：在制定这种法律的时候，有哪一个工人、哪一个农民、哪一个其他劳动者参加过？你们执行这种法律，只能说明你们是帝国主义、买办阶级、封建势力的忠实奴仆！"对于王若飞的质问，院长和法官半天说不出话来。最后只好强词夺理地说："我不管你这些歪理，反正你有罪。"王若飞说："我有什么罪？我犯的是反对你们祸国殃民的'罪'，是反对你们投敌卖国的'罪'，是反对你们专制独裁、剥削人民、压迫人民的罪行的'罪'。如果你们是英雄好汉，可以到大庭广众之中，让群众评一评理，是共产党犯罪，还是你们犯了十恶不赦的滔天大罪!"法官不敢正面回答他的提问，只说"这里不是和你开辩论会"，"这里是审问，不是讲空话、唱高调"。王若飞接着说:"我们共产党人，从来都是尊重事实的，我讲的话句句有凭有据，是全国众所周知的事实，回避事实，抹煞事实的正是你们。"法官一时不知说什么好，只好宣布退庭。

以后，在很长的一段时间里，敌人没敢开庭。

八个月以后，伪高等法院对王若飞进行第二次审讯。王若飞早就做好了准备。他决定以敌人的法庭为讲坛，大力宣传马克思主义和我党的方针、政策。

审讯一开始，王若飞便抓住时机，滔滔不绝地讲述马克思列宁主义理论和共产党的主张，他郑重宣告。"共产党是历史发展的必然产物，它肩负着创造历史的光荣使命。它有千万人作为后盾，一个人倒下，无数人奋起，后继者定会一天天增加，直到最后推翻旧社会，建立新社会。"法官几次企图打断他的话，最后不得不强行制止，十分狼狈地结束了这次审讯。

此后，伪高等法院又拖了一年多没有开庭。

王若飞的家中还有母亲和妹妹，多少年来，他由

于投身革命，不能赡养母亲和妹妹。他们的生活，全靠舅父黄干夫、黄齐生照料。舅父黄齐生，对王若飞的养育之恩胜过父母。当此时刻，王若飞想到应该同舅父和亲人告别。于是，他把自己被捕入狱的消息设法通知了舅父。

当时，黄齐生在河北省定县中华平民教育促进会工作。他得到消息以后，急忙从定县赶到归绥。一到归绥，便马上到第一监狱探视王若飞。第一次见面那天，只见王若飞身体消瘦，满面胡须，拖着沉重的脚镣，一步一步地向他走来。黄齐生只觉一阵心酸，老泪夺眶而出。老人沉吟片刻，向王若飞说："我们十年不通音信，你究竟作了什么，落得这般光景？"王若飞回答，"舅舅，请您放心，我的行为洁白无瑕。我所作的事业是正义的事业，是争取劳苦大众翻身做主的事业。他们逮捕我，就是因为我和人民站在一起！"老人听了称许地点点头。他想到王若飞从前的一贯表现，完全相信他做得对，并且感到王若飞较前更加沉着、老练了。

黄齐生为经常探望王若飞和设法营救他出狱，就在监狱附近的中西旅馆租了一间小屋，住了下来。经过多次交涉，狱中当局允许他五天探监一次。他们希望黄齐生劝说王若飞，让他改变态度。

为营救王若飞出狱，黄齐生每天四处奔走。他到过绥远省国民政府，找到当时的绥远省政府主席傅作义，要求他释放王若飞。傅作义向他表示，只要黄敬斋答应留在绥远做事，就可以无条件释放出狱，并且给他以发挥才能的机会。

黄齐生向王若飞传达了傅作义的意见，王若飞对舅父说："傅作义要求我在他手下干事，这就是条件。真正的无条件释放，就应该是释放之后我愿意干什么就干什么，愿意到哪里就到哪里，行动无人限制。否则，宁愿老死牢笼，也不愿不清不白地出去混饭吃。"黄齐生又说："看来傅作义这个人还是想做点大事的。"王若飞向舅父分析说："他想的'大事'和我们的大事是两回事，他是要扩大他个人的势力，得到更高的权位；我们的大事，是争取劳动人民的解放和全人类的解放。"王若飞向舅父说："除了忠于自己的理想，其余一切都办不到！"黄齐生为王若飞忠于信仰、坚贞不屈的精神所感动，从而产生一种庄严的自豪感。他向若飞表示："我这次来营救你，也是要成全你。"他虽然希望王若飞尽快出狱，但更鼓励他坚持真理，斗争到底。甥舅之间的感情更加深厚了。

绥远省高等法院对王若飞案件迟迟不作判决。若飞想到塞外天气严寒，舅父不宜久留，便催促舅父南

归。他给舅父写了一封信送别。他在信中写道："吾幼受舅父教养之恩，未有寸报；孤苦老母，未受我一日之奉养。今日被捕，又劳累舅父于风雪残冬远来塞外看视，尤其令我感动的，是舅父能了解我，不以寻常儿女话相勉。"表达了他对黄齐生的敬重和深厚情谊。他在信的最后说："我妻现在闸北。干戈遍地，音信难通，特留数行，请舅父代为保存，将来有机会见面时再交给她。"

王若飞给李培之的信，是用从自己衣服衬里上撕下的一块白绸子写成的。这块白绸子长一尺，宽一尺五寸。信中若飞用诗一样的语言抒写了他对李培之真挚的爱情和深沉的思念，叙说了他在狱中的生活和斗争，表达了他准备为革命献身的决心。他勉励李培之说：不要为我的牺牲而悲痛，要集中精力，努力完成党的事业。在任何情况下，要坚持真理，经得起各种考验。最后他写道："别了，我们在红旗下聚齐，又在红旗下分手，战士们虽然在红旗下倒下，但革命的红旗却永远不倒，它随着战士的血迹飘扬四方，这就是我们的胜利。请你伸出双手，迎接我们的胜利吧！"这封信由黄齐生转到上海王若飞母亲那里，半年以后，李培之才看到这封珍贵的信。

黄齐生离开归绥以后，他为了让社会上知道王若

王若飞与夫人李培之、儿子王兴在一起。

飞被捕的真相，特地撰写了一篇《王若飞行述》，详细地介绍了王若飞的生平和他在狱中坚贞不屈的事迹。最后他向社会呼吁，要求主持正义的人士出来营救王若飞出狱。黄齐生还给绥远省主席傅作义写了一封公开信，连同王若飞写的《狱中致绥远省傅主席书》一同油印出来，装订成小册子，全书长达数万言，封皮题为《抗日战争策略》，分发给各地亲友，引起社会一些人士的关注。

傅作义和绥远高等法院没有杀害王若飞，而是判处他15年徒刑。宣判之后，王若飞用红线在自己的帽子上绣个“出”字。他对难友笑着说：“敌人判我15年徒刑，我就熬它15年。老实说，肯定我坐不了15年，因为中国革命用不了15年定会成功！”

1934年4月，绥远高等法院根据国民党公布的大赦条例，把犯人徒刑的年限一律减刑三分之一。改判

王若飞徒刑10年。

王若飞对敌人判决的年限并不重视。他清楚地知道，国民党说话是不算数的，他们随时可以找到任何借口，对犯人处以极刑；而随着革命形势的发展，更可能早日出狱。不论怎样，王若飞已下定决心，本着自己既定的打算：不为革命牺牲，就继续为党工作。在狱中他同国民党反动派进行着顽强的斗争。

最初，他一个人住一间牢房，与其他犯人隔绝。这时内蒙古地下党组织为与王若飞保持联系，通过各种关系把铁路工人张有明安插在监狱当警察，通过他沟通监狱内外的消息。

王若飞入狱以后，首先摸清狱中的敌我情况，准

王若飞与夫人李培之

备团结群众，开展狱中斗争。他利用每天的放风时间，认识一些难友，了解到狱中关押着一批革命青年，这些青年由于坐牢，产生了不同程度的悲观消极思想。针对这些青年的思想，王若飞教导他们如何对待被捕坐牢问题，如何保持革命气节，鼓励他们克服困难，坚持斗争。

　　王若飞逐步对全狱的囚犯做了调查，了解到被囚的难友绝大部分是被压迫阶级。其中有的是交不起地租、粮款被捕的；有的是由于穷困锭而走险的；有的是因为反对苛捐杂税触犯了官府的，等等。他们都是被害者，大多有着强烈的反抗精神。还有一些难友，由于入狱多年，或是在社会上长期受着磨难，因而失去斗争的勇气，认为"死生有命，富贵在天"，相信命运和鬼神。王若飞决心要帮助这些难友，团结他们，提高他们的觉悟，以壮大革命的力量。

　　在牢狱的恶劣环境下，王若飞得了关节炎，经过不断地交涉和斗争，狱中当局允许他到院子里晒晒太阳。他就利用晒太阳的机会，深入到有病的难友们中间，主动亲切地和他们交谈，倾听他们每个人的苦衷，然后针对他们的思想情况，做宣传教育工作。

　　在晒太阳时王若飞手里拿着一本《孟子》，因为狱中只允许犯人看这类书。王若飞借用《孟子》中"民

为贵，社稷次之，君为轻"的说法，给难友们讲解人
民群众在历史上的作用，进而讲社会发展史，从劳动
创造世界，讲到阶级出现和阶级斗争，最后讲到共产
主义理想。他结合中国历史，讲得深入浅出，难友们
都听得津津有味。王若飞便进一步宣传共产党的性质、
政策和革命的目的，说明共产党闹革命决不是为了个
人，而是为谋求全体劳动人民的解放？

　　难友们听了，纷纷向他提出问题，王若飞说："在
将来的社会主义社会和共产主义社会里，不管你学问
多大，本领多高，只能给社会上多做些有益的工作，
绝不能凭借学问和本领骑在人民头亡。如果有人胆敢
那样做，他就马上被人民所抛弃。"有的人了解王若飞
的情况，对他说："黄先生，我完全相信你说的话，你
要是答应去做官，傅作义就放你出去，可你拒绝了。
一个人要是想升官发财的话，又何必放着官不做，而
在这里受罪呢？"有的人说："从你的说话和做事看，
我完全相信共产党是为国为民的。"王若飞的谈话，不
仅使狱中的难友们提高了觉悟，对共产党有了认识，
而且以他的言行，扩大了党在群众中的影响。

　　王若飞关心别人比关心自己为重。在他自己十分
艰苦的条件下，也时时想到别人。舅父来看望他时，
给他带来一些吃的东西，他收到后，总是避开看守的

052

监视，分送给最困难的难友。他要求舅父经常买些盐、醋、葱、蒜之类的东西，分给难友们吃。有些有病的难友吃了些葱、蒜，增加了食欲，减轻了病情。在舅父离开归绥以后，他又托一位难友的父亲——杨森老人，卖掉他仅有的一件皮大衣，托他用这些钱经常不断地买来一捆捆的葱、韭菜等，给大家分着吃。典狱长对他这种行为进行干涉，他反驳说："难道我们之间的互相帮助都犯罪吗?"使敌人无以对答。

王若飞劝告难友们要爱护自己的身体。他说：敌人越是要摧残我们，我们越是要爱护自己，有了健康的身体，才有力量斗争，才能得到胜利。他自己编了一套适合囚室内动作的体操，每天清晨和夜晚坚持做操锻炼，并用凉水擦身，战胜严寒。

王若飞在狱中吃小米饭很不习惯，就想法把小米干饭用手捏成扁片，放些盐、醋，用开水冲着吃。这样可以多吃些饭。不久，有些难友也跟着效仿起来，增加了饭量。

王若飞的乐观主义精神和积极的生活态度，不但保持了自己的身体健康，而且像一盆烈火，温暖着狱中的难友们。原来，有的人判了无期徒刑，再没有生活的希望，整天愁眉不展；有的人得了病，缺乏战胜疾病的信心。在他们受到王若飞的劝告和感染以后，又恢复了生命的活力，坚强起来了。以后有哪个难友表现出悲观的情绪，就会有人对他说："还愁什么？怎不向人家黄先生学习！"

王若飞在狱中的威信很高，得到难友们普遍的尊敬和爱戴。因此，凡是王若飞发出的号召，总能得到难友们的支持和拥护。为了改善难友们的狱中生活，制止看守打骂犯人的现象，王若飞组织难友起来斗争。他亲自写信给绥远省政府，直接反映监狱里的问题，并要求会写字的同志帮助难友给亲友写信，揭露狱中暗无天日的生活。这样一来，犯人的亲属纷纷责问监狱当局，要求改善狱中犯人的生活。在难友们团结一致的斗争和社会舆论的压力下，狱中的伙食和卫生有了改善，看守也不敢随便打人了。为此，若飞写了一篇散文，题名为《生活在微笑》。这篇文章热情地歌颂了难友们斗争的热情，指出："生活不是枯萎，而是在向我们微笑"。文章结尾写了这样两句令人激奋的诗句：

"死里逃生唯斗争，
铁窗难锁钢铁心。"

这正是王若飞在狱中的真实写照。

王若飞在狱中时刻没有停止工作和斗争，但长期的监禁生活使他不能不感到忧愤。他想到同志们正在为党的事业进行着英勇、艰苦的斗争，特别是在日本帝国主义大举侵略中国，中华民族处于生死危亡的历史关头，他多么希望把自己的经历贡献于党和人民需要的地方啊，他多么希望冲出牢笼，"重跃马于疆场"啊！

同许多无产阶级革命家一样，王若飞利用坐牢的时间，抓紧学习和工作。他总结自己革命的经历，从中吸取经验和教训，积蓄力量，准备将来的战斗。同时不放弃任何机会，争取教育革命的同情者，壮大革命的队伍。他的誓言是"一息尚存，终当努力奋斗。"

王若飞在留学期间，学过日语、法语和俄语。他又用坐牢的时间学习英语。经过多次交涉，狱中当局允许他买了一本中学英语教科书和一本英汉字典。于是他每天一字一句地学起来。他说："学习一门外国语，就等于打开一个新天地，也就等于掌握了一件新武器，更有利于进行战斗。"

按狱中的规定，犯人是不许进行写作的。王若飞最初以给傅作义写信为名，向狱中当局索取了笔和纸。后来他自己设法买到一支笔和一块墨，笔用坏了，就索性用竹签或芦苇杆做笔。没有纸张，就把古书翻过

铁窗难锁钢铁心

——革命先烈王若飞

来用，不管严冬酷暑，他每天凑在窗口下，把纸铺在膝盖上，一手用笔帽盛着墨，一手拿着芦苇杆，一笔一划地写着。还不时注意着窗外，当看守走过来时，就得赶快收起来。就这样日复一日，他写下了大量的论文、书信、评论和各种宣传性的文字。另外，每逢重大节日或革命导师、先烈的纪念日，王若飞都撰写纪念文章。可惜这些文章和书信大部分都失掉了，现在所能看到的只是其中很少的一部分。

王若飞在狱中，开始是单独囚禁的。后来，狱中当局为了对王若飞严加防范，便派一个普通犯人到王若飞的囚室，以便对他进行监视，发现问题，及时向狱中报告。然而他们一连换了几个不同类型的犯人住进去，都不能起到监视王若飞的作用，反而被王若飞争取、教育了过来。在敌人接连失败之后，他们又选派了一个在旧军队当过排长的抢劫犯与王若飞同住一个囚室。这是个性情暴躁的人，三句话不投机就会亮出拳头。就是这样一个人与王若飞住了一段时间以后，也变得和气、讲道理了；并有了思想觉悟。释放后，他曾经组织了六七十人的游击队，在包头一带抵抗日本帝国主义的侵略。

再后来派进王若飞囚室的，是一个蒙族牧民青年，名字叫三毛，性情憨直，连汉话都讲不好。王若飞对于这个纯朴的青年，更是倾尽心血进行培养。从教他发音识字开始，整整用了 11 个月的时间，使这个大字不识的青年念完了一本狱中允许念的《三民主义》。王若飞对三毛讲革命道理，着重讲解民族关系，启发他的阶级觉悟。后来三毛成为一个有革命理想的青年，向王若飞提出了入党的要求。王若飞审查了三毛的历史，又分别征求了狱中几个党员的意见。最后，他代表党组织接受三毛加入了中国共产党。三毛出狱以后，在党组织的领导下，在内蒙古地区进行了艰苦的革命斗争，最后为人民英勇牺牲。

在王若飞被捕入狱以后，日本帝国主义大举进攻中国。由于蒋介石的不抵抗政策，东三省很快落入敌手。1933 年初，日本侵略军占领山海关，进攻热河，华北危在旦夕。王若飞听到这个消息以后，立即写信给绥远省主席傅作义。他在信中说：

"日军已攻下山海关，进犯热河甚急，先生将率三十五军东上御敌。这个消息，可以推见日本帝国主义既占我东三省后，仍积极向我进攻。我在很早就主张中国对日本帝国主义的侵略应实行坚决的抵抗。我认为中国反对日本帝国主义的侵略的抗日战争是民族革命战争，所以我热烈的拥护这个民族革命的抗日战争，并竭尽所能去为这个战争效死。兹将我对于这个

战争应取的策略详细写出，以供先生参考，并向先生
有以下请求：立在现实中国民族坚决反对日本帝国主
义之侵略压迫的民族革命战争立场上，我希望先生能
设法给我以实际参加这个战争的机会，让我的血洒在
这伟大的民族革命战争中。"

王若飞写这封信时，他估计到傅作义不会采纳他
的这些意见和要求。但他自信这是"每个真正革命者
在这严重的局面下，在这关系民族存亡的革命战争中，
必须有的表示"。

王若飞身陷囹圄，置个人生死于不顾，而时刻心
忧祖国和人民。在他离开了革命的集体和看不到党的
文件的条件下，提出了中国应进行反对日本帝国主义
侵略的民族革命战争，和这个战争应取的策略，并要

求把自己的鲜血洒在这伟大的民族革命战争中。在这里，深刻反映了王若飞无私无畏的博大胸怀和他在政治上的远见卓识。

1935年，日本帝国主义进一步侵略华北，中华民族面临危亡的关头。当时红军还在长征途中，中国共产党于8月1日发表《为抗日救国告全体同胞书》，号召各党派、各军队间停止内战、一致抗日，建立抗日民族统一战线，为抗日救国而斗争。

1935年10月，中国工农红军经过长征到达陕北。1936年2月，红军抗日先遣队东渡黄河，准备与日本侵略者直接作战。这时，内蒙古人民在党的领导下，爆发轰轰烈烈的百灵庙起义，捣毁了伪自治机关，打开了伪保安处的监狱，释放了政治犯，大大鼓舞了内蒙人民的革命热情。这些都引起了国民党当局的极大震动。在这种形势下，绥远省主席傅作义对于归绥狱中还囚着黄敬斋这样的共产党人感到不安。他请示了当时晋绥绥靖主任阎锡山之后，于1936年6月给绥远高等法院发布"指令"："现值防共时期，对于该犯戒护亟应注意，俾免他虞。"并密令将黄敬斋解送太原。

1936年7月，王若飞戴着脚镣，坐着囚车，从烽烟遍地的内蒙古，被秘密地押解到山西太原的陆军监狱。

王若飞到陆军监狱以后，首先摸清楚狱中的情况，

铁窗难锁钢铁心
——革命先烈王若飞

尤其是政治犯的情况。他掌握了哪些人是共产党员，便把二十几名政治犯按监房分成四个学习小组，每组五六个人。全狱建立一个核心小组，这个核心小组由共产党员组成，实际上是狱中的党组织，由王若飞负责。通过学习小组，联系了狱中许多群众。王若飞对同志们说："凡是能团结的人，都要把他们团结起来。我们能够争取的人而不去争取，就可能被敌人利用。"

王若飞在了解了狱中的黑暗现象和当局贪污的事实以后，便领导所有的政治犯进行了一次绝食斗争。他们首先向监狱当局提出三项要求，即：改善伙食，去掉脚镣，允许阅读书报。最初，敌人采取分化的方法，以所谓"优待"为名，给王若飞去掉了脚镣，并把他一个人搬进了"优待室"。监狱当局的这个做法，有其重要的政治背景，那就是阎锡山要改变同共产党的关系。另外，企图用这个办法，把王若飞和群众隔离起来。王若飞明白这是他们的诡计，最初拒绝接受。经过狱中党员的研究，认为王若飞去优待室对狱中开展斗争更为有利，这样他可以自由一些，容易掌握各方面的动态，也便于与外界取得联系。根据同志们的意见，王若飞就将计就计搬进了"优待室"。另外，在准备绝食的过程中，同志们决定留他一个人不参加绝食，以便利用"优待"的条件，到普通犯人中间进行工作，取得全狱难友对绝食斗争的支持，并设法与外界联系。

绝食斗争开始以后，王若飞向狱中当局交涉，要他们答应提出的条件，否则要对绝食的一切后果负责。他又到普通犯人中间，了解他们对绝食斗争的反映，说明政治犯的绝食斗争是为大家共同的利益。因此，绝食斗争得到全狱难友的支持。在绝食的第五天，狱中当局不得不答应条件。这次斗争取得了胜利。

复食的第一天，全狱犯人吃的是黄澄澄的小米饭，普通犯人情不自禁地说："这碗饭是许多人拿生命换来的啊！"王若飞和大家一起吃饭，他乘机对大家说："政治犯从来不为个人，只要是对大家有利，就是杀头也不怕。"

通过这次斗争，达到了团结群众、教育群众的目的。王若飞对同志们总结说："我们革命者只有经常关心群众的利益，和群众团结战斗在一起，就无往而不胜利。"

从此以后，陆军监狱的伙食和卫生条件得到一定的改善，难友们可以合法地买进报纸和书刊来阅读。只有去掉脚镣这一项要求，一直拖延着不给解决。

抗日战争爆发前夕，国内时局发生着急剧的变化。1936年2月，红军东渡黄河以后，蒋介石以"剿匪"

为名，把嫡系部队关麟征部开到河东道，将他的势力深入到山西。此时日本侵略军已占领华北，并继续增兵，使山西受到严重威胁。山西军阀阎锡山面临着日本和蒋介石的双重压力。这时，中国共产党团结抗日的号召已经深入人心，"停止内战、一致抗日"的呼声影响到阎锡山统治集团的内部。他们认为可以接受共产党的主张，利用共产党人的办法，把群众发动起来。这样，对内可以抵制蒋介石的兼并，对外可以抵抗日本帝国主义的侵略，并能缓和他们同群众的矛盾，从而保持自己的统治地位。于是阎锡山开始同共产党建立联系。

王若飞被解到太原陆军监狱以后，阎锡山便决定争取利用王若飞。他派亲信梁化之负责争取王若飞的工作。梁化之便多次到狱中同王若飞谈话，明确表示：只要答应和他们合作，就可以立即出狱。王若飞回答说："我是囚犯，你们是统治阶级，我们的地位根本不平等，有什么可谈的呢？我只要求你们无条件开释。当我还带着脚镣、手铐的时候，我拒绝作任何有条件出狱的谈判。至于我出狱后是否与你们合作，这不是我个人的问题。对于一个共产党员来说，只能服从我们党的组织决定，不能拿个人生死利害和你们进行交易。"在梁化之的示意下，监狱当局去掉了王若飞的脚镣，并让他住进"优待室"。王若飞则利用这个条件继续领导群众进行狱中斗争。

1936年9月，中共中央北方局派薄一波到太原，同阎锡山进行统一战线的工作，负责主持山西的抗日团体——牺牲同盟救国会。薄一波临行之前，北方局交给他一项重要任务，即设法营救王若飞出狱。

薄一波是以公开的共产党员身分，帮助阎锡山进行抗日救亡的宣传和组织工作。他到太原以后，首先了解王若飞的化名和关押地点，利用统战的关系，查阅了王若飞的档案材料，了解到王若飞自被捕以后，在敌人面前大义凛然、英勇不屈的事迹。他将情况向山西省委作了汇报以后，开始了从多方面营救的活动。他直接与阎锡山进行谈判，开门见山地对阎锡山说："山西处于抗日前线，山西的抗日救亡运动已经兴起，但目前还有大批的政治犯关在牢房里，这和当前的形势很不相称。阎先生以抗日救亡相号召，并愿意同我们合作，就应该立即释放全部政治犯，在全国做个表率。"然后进一步提出："太原狱中有个王若飞，是个有名的共产党员，我要求你首先把他放出来。"阎锡山起初以蒋介石还没有释放政治犯为理由，不肯痛快答应。支吾了一阵以后，只好派梁化之陪同薄一波去看王若飞。

　　薄一波第一次到狱中与王若飞见面时，首先做了自我介绍。因有梁化之在旁，只好委婉地向王若飞表示："我是奉'朋友'的委托，来营救你出狱的。"然后向若飞传达了党在当前形势下的方针和任务，以及目前抗日救亡运动蓬勃开展的有利形势。

　　对于这次的会面，王若飞没有一点思想准备。以前，他没有见过薄一波，对眼前突然发生的事情，则保持着高度的警惕。听了介绍以后，他没有做任何表示，心中思考着这个薄一波会不会又是阎锡山派来的"说客"，也许在这件事情的背后，掩藏着不可告人的圈套。他暗自决定首先把情况弄清楚，然后再决定对策。

　　王若飞利用狱中斗争得到的读报权利，仔细分析当时的政治局势，从而判断这次"营救"他的事实真相。

　　1936年12月13日上午，狱中已开过早饭，按照往常，难友们所订的报纸应该送来了，但当天却迟迟不见送来。经过几次催问之后，看守才将报纸送来。翻开一看，第一条要闻被剪掉了。对于狱中这种重新剥夺看报权利的行为，大家一致提出了强烈的抗议。监狱当局无法，只好把被剪掉的部分拿了回来。这时大家一拥而上，只见上面用特号大字印着张学良在西安扣留蒋介石的消息。狱中顿时欢腾起来了，王若飞的心情也无比激动。他带领大家唱起了雄壮的国际歌。难友们在歌声中好似看到了自由的曙光，每个人的脸上露出了兴奋的笑容。

此后，王若飞每天仔细地研究报纸上的每一条新闻，他想的很多、很远。

过了几天，报纸上登出张学良护送蒋介石回南京的消息，很多难友看了不能理解，他们围着王若飞议论纷纷。王若飞沉思着。他想。对于这样重要的问题，党中央一定会有全面的考虑。他慎重地对难友们说："周恩来同志不是到西安了吗，我们虽然不了解情况，但应该完全相信，党中央一定有英明的政治远见和灵活的策略方针；放了蒋介石，一定是为了全国一致抗日，扩大抗日民族统一战线。"不少难友同意他的看法。

西安事变以后，蒋介石不得不接受我党团结抗日的主张，抗日民族统一战线初步形成。阎锡山此时更以抗日作幌子，企图笼络人心，收罗人才，扩充实力，因此更加紧了对王若飞的争取工作。阎锡山表示，共产党员只要放弃自己的立场，都可以留在山西工作。并答应王若飞出狱后，可以在山西省政府担任"要职"。

阎锡山统治集团的打算，遭到王若飞和所有政治

犯的拒绝。王若飞对难友们说："我们政治犯一定要争取无条件出狱。他们的任何条件我们都不能接受，这是我们革命者的气节。"

为了营救所有的政治犯出狱，薄一波又去看望王若飞和其他在太原狱中的同志。从其他政治犯的口中，薄一波对王若飞有了更多的了解。凡是和王若飞有过接触的人，都一致称颂若飞的坚定和勇敢，对他怀着出自内心的敬爱。这使得薄一波很受感动。然而王若飞对薄一波还没有消去疑团。

一次薄一波到狱中，开诚布公地对若飞说："若飞同志，你怀疑我是对的。老实说，我原来也没有完全相信你。当我执行党交给我营救你出狱的任务的时候，我也从多方面对你进行过调查。知道你坚持了共产党员的立场，进行了英勇的斗争。因此，党对你寄予了充分的信任，决定营救你立刻出狱。我已查清了你的一切，你能用什么办法查清楚我的身分呢？"若飞沉思了片刻，摇摇头说："我没有办法调查你的身分。"薄一波为难地说："你不相信我，而我又一定要营救你，我们的行动怎么能统一起来呢？"若飞考虑一阵，提出要看党的文件，薄一波马上就答应了。

很快，薄一波给王若飞送来了党的文件。从此以后，薄一波每次去监狱。都带着几份党的文件给王若飞，其中有党对时局的分析；党对扩大抗日民族统一战线的指示；反对"左"倾冒险主义的文章等等。两人见面之后，便联系当前形势和党的文件，畅谈自己的看法。王若飞对党内反对"左"倾冒险主义和党的抗日民族统一战线的主张表示热烈拥护。

经过薄一波的多次交涉，阎锡山答应释放在山西关押的全部政治犯。对于释放的条件，他提出个折衷的办法。即同意不提释放的条件，但所有的政治犯在释放之前，都要转移他所办的"训导院"做个过渡。薄一波为此找王若飞商量，说明他同阎锡山谈判的经过，并决定所有政治犯分三批出狱。对于出狱要经过训导院的问题，他向王若飞解释说："我在这里搞统战

1937年，李培之、王景任、黄齐生、王若飞在太原。

工作，天天和阎锡山打交道，有些事不能做的太绝，那样也可能会影响整体工作。你们在训导院住些时候，就可以回延安了，你觉得如何？"王若飞表示："只要自己立场坚定。不管什么地方都可以去。"他还以此说服想不通的一些难友，告诉他们应当服从党组织的决定。他说"为了党的工作，我们应当争取早日出狱。"这时，王若飞已开始考虑出狱后如何为党工作的问题了。

几天之后，薄一波通知若飞准备出狱。这时，若飞坦率地对薄一波说："开始，我的确怀疑过你，看过党的文件，交换过政治上、工作上的意见，又听到狱中一些同志不断提起你，现在又争取到无条件释放，我完全相信你，你是个好同志，是党派你来营救我们的。"接着，他郑重地向薄一波提出说："我在狱中住了五六年，很希望党对我的一切进行全面的审查，做出结论。你能不能找个我认识的人，到这里来证实一下，免得将来有旁的什么问题发生。"

薄一波敬佩王若飞高度的组织观念和纪律性。他把若飞的要求向北方局党组织作了汇报。

不久，当时北方局负责人柯庆施来到太原，在狱中同王若飞见了面。

1937年5月，王若飞在敌人的监狱里度过五年零七个月的艰难岁月之后。终于跨出了监狱的大门。

王若飞在阎锡山的训导院里住了一个月，他全面了解了训导院的情况，给后来的同志作了介绍，嘱咐他们在这里要提高警惕，要他们利用黑板报宣传抗日，进行公开的斗争。

一个月后，王若飞离开了训导院，住在太原小北门街东二道巷永济路二号。在这里，他抓紧时间学习党的方针政策，做好回延安的准备。同时不断接待刚刚出狱的同志，指导他们今后怎样进行工作。

王若飞准备到延安之前，阎锡山几次提出要和王若飞见面。一天，薄一波陪同王若飞去见阎锡山，阎锡山对王若飞毕恭毕敬，表示非常仰慕王若飞的才能和骨气，仍然挽留王若飞留在山西工作。他对王若飞说："山西虽小，也是个大有可为的地方，大家合作共赴国难有啥不好，为什么要急着回延安去？"王若飞说："我是个共产党员，延安党中央就是我的家，我的工作必须由党的组织来决定，我只有回到延安，才能接受我党中央分配给我的工作。在此以前，我不能做任何考虑。"

行前，阎锡山派梁化之给王若飞送来两千块钱作为路费。王若飞婉言谢绝了，并对梁化之说："后会有期，希望多为国事操心，若飞就高兴不尽了。"

　　1937年8月，刘少奇从延安到太原。在刘少奇的指示下，8月底，王若飞动身前往延安。

延安宝塔山

黑茶英烈传千古

1937年8月，王若飞离开太原，经过西安八路军办事处回到了延安。

延安——这个中共中央所在的地方，王若飞向往过多少个日日夜夜啊！当他第一次踏上这块土地的时候，好像回到了自己久别的家园，沉浸在无比的兴奋和喜悦之中。同志们像亲人一样地欢迎他的到来。

到延安的第二天，王若飞就去见毛泽东。他心情无比激动地对李培之说："我从来也没有像今天这样快活。"

王若飞

开始，王若飞担任中共陕甘宁边区党委统战部长，接着担任宣传部长。他满腔热情地投入工作，平时勤勤恳恳，言语不多，但善于抓

住当时的一些关键问题，进行深入的研究，在不长的时间里写出了不少深中肯綮的文章。

1937年10月，王若飞在《解放》杂志上发表了《华北游击战争的展开》一文。这篇文章详细报告了华北抗战以来的军事形势、八路军一个月来所取得的胜利成果以及对华北战局的影响。他指出，八路军的华北作战已不是国民党军队那样的单纯防御，"坐等挨打"，而是在战争中处处争取主动地位去消灭敌人。

文章着重分析了敌我双方的长处和弱点：八路军有着高度的政治觉悟，有着自觉的纪律，有着与人民密切的联系，有着巩固一致的团结，有着英勇坚决、刻苦奋斗的牺牲精神，有着丰富的游击战争的经验。这是他们的长处，但在今天与强暴敌人作战时，也有弱点，即八路军的数量还不多，在物质技术上还很贫弱，缺少各种新式武器、装备。而我们的敌人正是在技术和武器、装备上占有绝对的优势。

他分析了敌人的弱点。敌人发动的战争是侵略性的，是在中国境内作战，处处受到中国民众的仇视和抵抗。他们在国内受着不可抑制的政治、经济危机的冲击，财政枯竭，阶级斗争尖锐，加以他们在世界上推行法西斯侵略扩张政策，国际地位日益孤立，以上原因非常不利于他们将战争持久地进行下去。而被侵略的中国，幅员广大，交通不便，敌军永远也不能占领中国的一切地区。他们愈向内地深入，便时时有被截断、包围、消灭的危险。

根据对敌我双方特点的分析，王若飞提出，八路军应该避开自己的弱点，发挥自己的长处，去进攻敌人的弱点，在战争中处处争取主动地位，灵活机动地消灭敌人。

王若飞断言：游击战争正是我们今天能够保存与扩大自己力量并战胜敌人的工具，是今日能够致敌死命的战略。

王若飞关于游击战争的重要见解和领导陕甘宁边区抗击日本侵略者的具体实践经验。得到了党中央和毛泽东的重视，准备让他担任军事领导工作。他得知后感到很为难，于是便去找毛泽东。

他对毛泽东说："我从来没有做过军事工作，担任这种职务恐怕不行。"毛泽东鼓励他说："开始我也没有搞过军事，后来不也搞起来了么！"

不久，王若飞担任了十八集团军延安总部副参谋长和中共中央华北华中工作委员会秘书长。

在1940年夏，中共中央正式成立了党务研究室，王若飞从十八集团军延安总部和华北华中工委调任中共中央秘书长兼任中共中央党务研究室主任。

王若飞参与制定的中央关于土地政策的决定，对调动广大农民群众的抗日热情，激发他们生产的积极性，调解农村各阶级之间的关系，联合各阶级参加抗战，发展抗日民族统一战线，巩固抗日敌后根据地，最后打败日本侵略者，起到了巨大历史作用。

中国共产党在领导各根据地军民抗击日本侵略者的同时。还要同自己背后与日寇暗中勾结、实行内战独裁的国民党反动派进行坚忍、曲折、复杂的斗争。从抗战开始以来。一方面我党我军打退了国民党顽固派发动的三次反共高潮；一方面为尽快把日本侵略者赶出中国，争取一个和平民主的局面，又与国民党蒋介石进行着断断续续的谈判。这也是一场尖锐、激烈的斗争。

1944年初，党中央派林伯渠为代表，派王若飞作为他的助手，继续与国民党进行谈判，同时在国统区开展统一战线工作。

这年5月2日，王若飞随林伯渠到达西安，与国民党代表张治中、王世杰进行谈判。谈判开始时，我方提出要听听国民党对国共关系所谓"政治解决"的办法，但张治中、王世杰却一再要求我方代表提出具体问题来谈。于是，双方决定先谈军事问题和边区问题。我方提出，现在我们有正规的作战部队47万多人、民兵220万人，这是将来反攻敌人的先锋部队。本来可以编为47个师，现在要求编为6个军18个师。同时我方还提出要求国民党承认边区民选政府，撤除对陕甘宁边区的军事封锁和经济封锁，给共产党以合法地位等问题。从5日到11日，双方会谈了五次，结果未达成协议。

5月17日，林伯渠、王若飞与张治中、王世杰同机飞往重庆，在重庆继续谈判。6月4日，我方代表正式向国民党代表递交了《中国共产党中央委员会向国民党中央执行委员会提出关于解决目前若干急切问题的意见》。《意见》中要求实行民主政治、开放党禁、释放政治犯、承认陕甘宁边区民选政府等等，并答应我军至少编5个军16个师的番号。而国民党提出的《中央对中共问题政治解决提示案》的内容是，对共产党领导下的军队只允许编10个师，编余部队"限期取消"，已编者"限期集中使用"；对陕甘宁边区政府，规定直属国民党行政院，实行国民党中央法令，其他各解放区由国民党派员接管。因为《提示案》与我党中央意见距离太大，而国民党又拒不修改《提示案》，因此谈判陷于僵局。

七、八月间，周恩来、林伯渠先后向报界发表声明，反驳国民党对谈判的歪曲宣传，严正指出国共谈判

长期毫无结果，其根本障碍在于国民党固执一党统治，顽固执行削弱和消灭异己的方针。他们以事实说明，拖延谈判的责任完全不在我方。我方将一如既往，只要有利团结、促进民主，什么问题均无不可商讨。

1944年9月，国民参政会在重庆召开三届三次大会。林伯渠、张治中在会上分别作了国共谈判经过的报告。林伯渠在报告中分析了国民党的《提示案》，认为《提示案》的做法，就等于不要敌后人民抗日，这从全民抗战的利益上来说完全是不可理解的。报告提出了挽救目前抗战危机、准备反攻的紧急办法，要求国民党应结束一党统治的局面，立即召开国事会议，成立各抗日党派联合政府。会后，林伯渠返回延安。

自周恩来 1943 年离开重庆返回延安以后，中共中央南方局由董必武负责。王若飞到达重庆后，党中央根据政治形势和国共关系的变化，改南方局为重庆工作委员会，由董必武任书记，王若飞任副书记。

这期间，王若飞作为周恩来、董必武、林伯渠的主要谈判助手，共同研究分析国内外各方面的情况和我方处境，估计可能发生的问题和变化，决定对付国民党的策略。

1944 年 10 月，美国总统罗斯福为支持蒋介石在中国的反动统治，"防止国民政府的崩溃"，任命赫尔利为驻华大使。赫尔利打着"统一中国境内一切军事力量"的旗号，出面调停国共两党的争端。我党为表示不放弃任何寻求和平解决问题的途径，特别派遣周恩来为代表，再次与国民党代表及赫尔利进行和平谈判。谈判中，赫尔利玩弄两面手法，为实现其"扶蒋反共"的既定方针，他提出，蒋介石不赞成联合政府，只允许在政府中吸收共产党几个人。如果共产党接受这个条件，美国将对国共两党平行援助，马上以五百架飞机运送物资给共产党。这个建议立即遭到我党代表周恩来的严词拒绝。

王若飞当时虽然没有直接坐在谈判桌上面对面地

077

铁窗难锁钢铁心

——革命先烈王若飞

同国民党进行斗争，他却从中意识到对手是十分狡猾的，必须时刻保持清醒的头脑，审慎地处理各种问题，决不上当。

王若飞在谈判之外，注重广泛接触各民主党派和无党派各界人士，宣传我党主张，揭露国民党的各种阴谋破坏活动。为掌握各方面情况，王若飞来往于重庆许多民主人士之间。在日夜奔忙中，他的体重显著下降，人逐渐变得黑瘦起来。有一次，他带病坚持工作，三天不得休息。同志都劝他注意身体。他说："即使我的身体怎么样，也用不着休息，你们要好好在自己的岗位上工作。万一……，你们好随时准备接手！"

王若飞了解到四川地方实力派邓锡候、刘文辉、潘文华等与蒋介石有矛盾，为抵抗蒋介石的压迫，他们允许在成都开展民主运动。王若飞认为我党可以在抗日反蒋方面同他们合作。王若飞了解到黄炎培等民主同盟以及产业界人士主张抗日和民主，但注意维护国民政府的法统，主张要变不要乱；了解到左舜生、罗隆基、梁漱溟等资产阶级民主派也主张抗日反蒋，要求实行民主，但其土地纲领和我们不同；了解到小资产阶级民主派，如第三党、救国会等，在当前能全部接受我们的纲领，人们称他们是"半新民主主义"，只是在将来如何建设社会主义问题上和我们不同。总之，这些民主党派、无党派民主人士，在抗日反蒋、民主建国等方面与我党是一致的。因此，可以团结他们结成广泛的统一战线。王若飞在这些方面进行了卓有成效的工作，贯彻了党的"发展进步势力、争取中间势力、孤立顽固势力"的方针。

在此期间，王若飞根据重庆大后方工作的需要，注重引导当时文化界的进步分子联合中间分子，向国民党当局开展要求学术、言论、出版自由的斗争，向

铁窗难锁钢铁心
——革命先烈王若飞

顽固分子作思想斗争，揭露国民党文化专制政策的罪恶，并引导他们与青年接近，关心劳动人民的生活，以实际行动参加并推动大后方的群众性民主运动。

抗战期间，以国共合作的形式，在国民党军事委员会下设立政治部，其中第三厅主管文化宣传工作，厅长是郭沫若。1940年，张治中任政治部部长改三厅为文化工作委员会，仍由郭沫若主持。当时在这个委员会中，集合了不少文化界的知名人士，如沈雁冰、老舍、冯乃超、田汉、洪琛、阳翰笙、王昆仑、吕振羽等一大批人。他们在党的南方局和周恩来的领导下，以文艺为武器向国民党反动派进行着各种形式的斗争，深刻暴露了国民党统治区的黑暗，大大鼓舞了人民的斗志，因此引起了国民党的愤恨。1945年3月底，文化工作委员会被勒令解散。

王若飞代表我党对这批文化人表示十分关怀，当时他正在患病，但仍不顾病痛与劳累，邀请阳翰笙等长夜促膝谈话。他关心文化工作委员会中的每一个人，详细了解他们的生活、工作及今后打算，帮助解决各种困难和思想问题，他的真挚、热情，至今许多人还深刻地留在记忆里。

1945年4月8日，重庆文化界及各民主党派领袖沈钧儒、章伯钧、柳亚子等一百多人举行晚会，慰问郭沫若为首的文化工作委员会的成员，王若飞与董必武一起出席了这次晚会。王若飞在会上致词，赞扬郭沫若在抗战之初抛妻离子，冒险回到祖国的革命行动。指出由于当时的重庆及国民党统治的大后方缺乏民主，使郭沫若的才能没有得到充分发挥。他认为这是非常遗憾的事情，也是国家的损失。他说，这个责任不在郭沫若本人。为此，王若飞指出："现在文工会虽已解散，全国人民和全世界民主人士都是同情和拥护郭先生的，……中国人民仍需要郭先生。"他在会上提议，凭郭沫若的学识和声望，凭他在文化事业上的重大作用，中国共产党向政府提出要求，让郭沫若作为我国出席旧金山会议的代表顾问。他强调说，如果政府不接受这个建议，郭沫若在重庆和大后方又不能做事，那么我们欢迎他到解放区去。"郭先生是国家的至宝，为全国人民所热爱，他是永远不会孤立的。"他最后充满信心地说："现在的形势，抗战胜利有把握，所以目前的情形只是短期的。"

王若飞的讲话，揭露了国民党文化专制主义的罪恶，打击了敌人迫害左派文化人的嚣张气焰，为正义、民主和抗战势力撑了腰，充分显示了我党对大后方进步文化人的关怀和我党对待进步知识分子的政策，博得了与会者的热烈鼓掌。

在这里，我们还应谈到王若飞对重庆《新华日报》的领导。1945年初，他根据中共中央和周恩来、董必武的指示，结合重庆工作的实际，主持了南方局文化工作委员会和《新华日报》的党内整风运动。此后，他协助周恩来、董必武具体领导了《新华日报》的编辑和出版工作。他亲手为报纸写社论、专论等重要文章。他认为，《新华日报》不仅是一个宣传阵地，而且是一个组织者。它通过自己的通讯网联系着广大群众，组织群众进行斗争。他指出《新华日报》有三个任务：一是在大后方民主运动中，为思想斗争、政治斗争和为干部以及广大群众准备武器；二是经过它联系城市斗争；三是动员广大群众，特别是青年下乡，开展农村工作。他号召报社和报社附设书店的同志，从社长到报工，都要明确自己的任务，认识到每出一份报、每送一份报都是在联系群众、宣传群众，提高群众的思想觉悟。

《新华日报》虽然是个公开合法机关，但国民党反动派和蒋介石却把它的许多活动视为非法的，竟把来报社的人抓起来进行审讯，有时甚至毫无道理地逮捕《新华日报》的人员。他们还对报纸实行严密的审查，多方进行刁难，有时干脆不许发行。为此，王若飞指出："蒋介石要把我们当花瓶，我们不当花瓶。我们要把'非法'斗争和合法斗争结合起来。"

在中国共产党的号召下，国内各民主党派和无党派民主人士以及广大人民，要求民主的呼声越来越高。1945年5月23日，参政员褚辅成在参政会宴请王若飞及黄炎培、左舜生、章伯钧、邵力子、王世杰等人，提出恢复国共会谈的办法。6月16日下午，王若飞再次与褚辅成、黄炎培等人商谈。王若飞说，国民政府如果接受中共中央提出的组织联合政府的三项建议，我党则继续会谈，否则不愿进行。当日，褚辅成、黄炎培等七参政员致电毛泽东、周恩来，要求赴延访问。毛泽东、周恩来立即复电表示欢迎。

于是，在这年7月1日，由王若飞陪同，褚辅成、黄炎培、冷遹、傅斯年、左舜生、章伯钧六参政员（原七参政员中王云五因病未去成）乘机从重庆到延安，受到了毛泽东、朱德、周恩来等的热烈欢迎。六参政员在延期间，毛泽东天天和他们见面，就停止召开国民大会和尽快召开政治会议问题等进行交谈，明确提出了我党的五点办法。六参政员在延安活动了五天，对我党提出的五点办法很满意，特别是拥护成立联合政府的主张。

在我党坚决要求召开党派会议、拒绝参加国民参政会的行动影响下，来延安的章伯钧未出席重庆召开

延安各界人民庆祝抗战胜利

的国民参政会；左舜生、黄炎培也极力反对召开国民
大会。我党的正确主张获得了大后方人民和各界人士
的广泛支持。

　　1945年8月14日，日本正式宣布无条件投降。中
国的抗日战争至此胜利结束。经历了八年抗战的苦难
的中国人民迫切需要和平和建立民主、统一的国家。
而国民党蒋介石妄想抢夺人民的胜利果实，建立大地
主、大资产阶级的反动统治。

　　为了欺骗人民并做好内战的准备，蒋介石连发三
次电报，邀请毛泽东到重庆进行和平谈判。他们的诡
计是，如果毛泽东不来谈判，就污蔑共产党不要和平
与团结，将内战的责任强加在共产党方面；如果毛泽

东来谈判，就对我党施加压力，迫使我党交出人民武装和解放区，即使不成，他们也可以争取准备内战的时间。

8月25日，中共中央发表《对目前时局的宣言》，明确提出和平、民主、团结三大口号，并捉出避免内战、实现民主、结束国民党一党专政、成立联合政府等六项紧急措施。为了尽一切可能争取和平，并在争取和平的过程中揭露美帝国主义和蒋介石的真面目，以利于团结和教育广大人民，8月26日党中央发出《关于同国民党进行和平谈判的通知》，决定派遣毛泽东、周恩来、王若飞三同志到重庆去与国民党进行和平谈判。为了表达我党进行和谈的真诚愿望，准备在不伤害人民根本利益的前提下，做些让步。同时告诫全党，我们绝对不要因为谈判而放松对蒋介石的警惕和斗争，必须依靠自己的力量，做好迎接各种情况的充分的思想准备。

8月27日，美国驻华大使赫尔利和国民党代表张治中乘飞机到延安，迎接我党谈判代表。28日上午，王若飞随毛泽东、周恩来，在赫尔利、张治中的陪同下，由延安飞往重庆。

毛泽东等中共代表赴重庆谈判的消息震动了整个山城。下午三时多，飞机在重庆九龙坡机场降落。王若飞精神饱满，笑容满面，随毛泽东、周恩来走下飞机，和前来迎接的人们一一握手。毛泽东在重庆机场发表书面讲话，王若飞将印好的书面讲话稿散发给机场上来欢迎的各位人士。书面讲话中说明中共代表此行的目的就是同国民党当局商讨团结建国大计，提出保证国内和平、实施民主政治、巩固国内团结是当前的迫切任务，号召各党派和爱国人士团结起来，为建设自由、富强的新中国而共同奋斗。

29日晚，周恩来、王若飞举行茶话会招待重庆各界人士。会上，王若飞向大家说明了我党中央要求国民政府从速实行中共中央对目前时局宣言中所提出的六项紧急措施。

9月3日，王若飞同周恩来与国民党谈判代表张治中、张群、邵力子会谈。会谈的内容包括确定和平建国方针、承认各党派合法平等地位、承认解放区政权以及我党领导下的抗日武装等问题。我党代表将会谈要点十一项书面意见交给国民党代表，至此双方初步交换意见告一段落。

四日晚上双方继续会谈。在会谈开始时，邵力子说："今天是谈具体问题，或是任意提出问题？"周恩来说："按照事前的约定，任意交换意见的四天已过，我方已提出十一项建议，今天是否以十一点建议为依据，对具体事项加以讨论。"国民党代表遵循蒋介石的授意，认为我党提出的十一项建议与他们的方案"距离太远"，"根本无从讨论"，特别是九、十两点，即要求国民党承认我党领导的军队和解放区政权问题，他们认为是"恃武装向中央要地盘，蹈军阀时代的覆辙"。

王若飞当即以事实揭露国民党大肆收编汉奸伪军，而对我抗日部队却百般刁难、企图取消的行为。他义正辞严地驳斥说："以封建军阀割据来比拟中国共产党是根本错误的。国共谈判要求得问题之解决，必须承认事实，承认我党的政治地位，必须承认我解放区存在之事实及其军队与人民树立之政权，否则难期问题之解决。"最后，周恩来说："我党已提出了解决问题的方案，而国民党所准备的具体方案如何？"国民党代表无以对答。蒋介石假和平的面目已被揭穿，我党在谈判中取得了主动的地位。后来邵力子在政协会议上报告国共合谈经过时承认，"在会谈中政府方面没有提出具体方案，这或者要受良心的责备与朋友们的责备，我们没有在会谈中争取主动"。

当时王若飞的工作十分忙碌。经常是白天进行谈判，晚上连夜整理材料、准备意见，与毛泽东、周恩来研究对策，几乎许多晚上都不能睡觉休息。为了毛

铁窗难锁钢铁心

泽东、周恩来的安全，他也费尽了自己的心血。随时随地担负着保卫任务。

此后，王若飞同周恩来接连与国民党代表张治中、张群、邵力子等又进行了十几次谈判，特别在军队、解放区政权、国民大会等问题上进行了激烈的面对面的说理斗争。在9月8日会谈中，王若飞指出，国共双方"要彼此相互承认，正视现实，始能求得问题之解决"，对国民党污蔑我方"扩充军队"、"争夺地盘"的言论，给以有力的回击。在9月12日会谈解放区、国民大会问题时，鉴于国民党独占了国大代表的名额，王若飞提议修改选举法，重选国大代表。他强调说，解放区已经存在，减租减息和民主制度已为当地人民所拥护，要解决解放区问题可实行普选，要求国民党中央承认人民选举的地方政府。

关于军事问题经过多次谈判，双方仍不能达成协议，最后决定另外成立小组进行会谈。关于解放区问题，在会谈中我方曾提出三种解决方案，但国民党方面均不同意。最后，我方又提出第四种方案：各解放区暂维持现状不变，留待宪法规定民选各级政府实施后再行解决，而目前则规定临时办法，以保证和平秩序的恢复，并提议将这个问题交政治协商会议解决。

国共双方代表经过43天的谈判，双方同意发表一个《政府与中共代表会谈纪要》（即《双十协定》）。
10月10日下午，在曾家岩桂园签字。国民党方面签字
的是王世杰、张群、张治中、邵力子；我党签字的是
周恩来、王若飞。

　　10月11日上午，王若飞护送毛泽东返回延安，受
到延安广大干部和群众的热烈欢迎。第二天，王若飞
返回重庆。《会谈纪要》在重庆各报纸公开发表。

　　从10月20日开始，周恩来、王若飞与国民党代表
王世杰、邵力子、张群谈判双方军队停止前进、恢复
交通、避免内战以及召开政治协商会议等问题，我方
提出在八条铁路线上双方均不进兵等四点主张，国民
党代表同意停止进占，而不同意停止进兵。双方在进

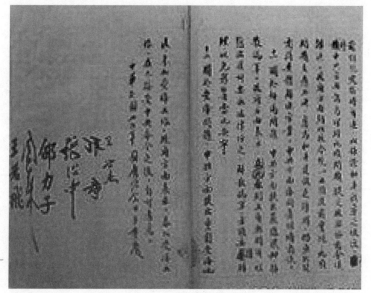

铁窗难锁钢铁心
——革命先烈王若飞

双十协定文本

兵问题上未能达成协议。

这时，国统区人民掀起了反内战运动，在重庆组成了反内战联合会。11月下旬昆明学生举行了反内战集会；国民党特务进行镇压，造成了"一二·一"惨案。惨案发生后，重庆学生为声援昆明学生的爱国行动，呼吁各界募捐援助受伤同学，王若飞和董必武各捐款一万元表示支援。昆明惨案的发生，更激起全国人民反内战、反迫害的高潮。

为了缓和人民的反抗情绪，进一步准备内战，蒋介石此时继续玩弄和平骗局。在以调解国共军事冲突为名来到中国的美国总统特使马歇尔的导演下，蒋介石同意按照《会谈纪要》由国民政府召开各党派及无党派人士参加的政治协商会议。

经过谈判，最后确定参加政治协商会议的代表名额的分配如下：国民党8名、共产党7名、民主同盟9名、青年党5名、社会贤达9名，总共38名。

我党出席政协会议的代表是周恩来，董必武、王若飞、叶剑英、吴玉章、陆定一、邓颖超。王若飞和董必武当时在重庆，其余代表及随行人员共二十多人，于12月16日从延安乘飞机到达重庆。

按照《会谈纪要》，国民党方面应该从速释放政治犯，但他们却说话不算数，不仅不释放，还在政协召开前在重庆和西安活埋了一百多名政治犯。王若飞对此无比气愤。当时有人谈起这个问题时，他说，面对国民党的残暴，我们还要继续斗争，我们已向蒋介石提出释放张学良将军，释放一切政治犯。如果他们还不放人，我们要在政协会上向他们再次提出来。当有人问及他为什么共产党方面不提具体名单的问题时，王若飞十分警觉地说道："这可不能提呀，如果把名字指出了，他们就晓得某人是某人，反把我们的人给断送了！"

在政协会议进行中，重庆各群众团体组织了"政治协商会议陪都各界促进会"，决定在政协会议期间，每天举行一次各界民众大会，分别邀请政协代表报告当天开会的情形，群众可以在会上对政协提出批评和建议，借以表达民意。这种会议受到广大群众的欢迎，到会群众十分踊跃。对此，国民党反动派十分恐惧，每天雇用打手扰乱、破坏会场。

1946年1月18日晚，政协陪都促进会在沧白堂举行第五次夜会。这次会议由李公朴主持，邀请王若飞、邵力子作报告。王若飞在报告中指出，内战的停止，人民基本自由的获得，是保障中国走向和平建国的重要条件。在国是问题的协商中，互相承认与互相尊重，将是取得和谐团结及解决问题的必要条件，协商中若能永具此精神，则问题将不难求得解决。这段讲话，实际上是从正面向国民党提出警告，并提醒人们要密切注视政协斗争的动向。在会上，他还针对当时会议中争论的最激烈的军队问题和政权问题，无情地揭露了国民党提出的所谓"军队国家化"，驳斥了他们胡说我党"拥兵自重"、搞"封建割据"的无耻诬蔑和诽谤伎俩，一针见血地指出"军队国家化"的实质就是妄图一口吃掉八路军、新四军，消灭人民的革命力量。他的讲话激起了群众对国民党反动派的愤怒。这时，混在听众中的少数国民党特务、打手呼啸而上，有的敲小锣，有的挥起木棒，有的拿起石子向台上打去。尽管如此，王若飞仍然沉着、镇定，操着贵州的乡音，坚强有力、滔滔不绝地继续讲下去，并且针锋相对地大声驳斥特务们的无理质问。许多群众和民主人士见到这种情形挺身而出，奔向讲台，以身体抵挡飞来的石块，掩护王若飞，并簇拥着把他送上轿车，一直送到沧白堂街口的大路上，看着王若飞乘坐的汽车安全驶去，大家才放心地离开。在这次事件中有许多人受伤。国民党的倒行逆施，使他们在人民群众中更加孤立，而共产党代表王若飞却赢得了广大群众的爱戴。当时的记者在报纸上发表了如下的评论与报道：王若飞"在特务的叫嚣中、弹雨里""仍然从容地讲下去","充满坚定不拔的气概、典型政治家的风度"。

沧白堂特务殴打事件发生以后，1月20日，王若飞仍不畏强暴，冒着生命危险出席了有两千多人参加的重庆各界庆祝国内和平的沧白堂会议。在会上，王若飞、郭沫若、李公朴、冯玉祥等相继讲话，要求政府尽快实现"四项诺言"，立即释放政治犯。

政治协商会议共开了22天，会议始终充满了民主与反民主、独裁与反独裁的斗争。1月31日政协闭幕，会上共达成五项协议，即政府改组案、国民大会案、和平建国纲领案、军事问题案和宪法草案案。这些协议虽然与我党主张和要求还有相当的距离，但在不同的程度上反映了人民的愿望，有利于人民而不利于反动派。政治协商会议在团结人民和各民主党派，揭露和打击国民党的反动独裁统治方面取得了很大的胜利。这是全体政协会议代表们努力的结果，王若飞在其中作出了重要贡献。

1946年3月，国民党在重庆召开六届二中全会，会议反对政协一切协议，并肆意诬蔑我党和苏联，声称不能将统治权交给多党政府。

3月18日，周恩来、董必武、王若飞致函国民党代表邵力子、王世杰、张治中、张群，要求会谈关于

国民党二中全会推翻政协协议问题，讨论实施政协协议的具体办法。19日下午，双方代表在王世杰住所会谈一小时，未得结果。当天，中共中央发言人发表谈话，指出政协一切协议不容改变。

4月7日，王若飞以中共代表团名义举行记者招待会，再次揭露国民党破坏政协协议、煽动内战的种种阴谋活动，重申我党的一贯主张。他向全中国和全世界表明，中国共产党愿为保护政协各项协议而奋斗，并警告美国不要帮助国民党一党独裁、发动内战，加重中国人民的灾祸。

面对国民党对政协各项协议的严重破坏和阻挠，代表团决定派王若飞回延安向党中央汇报请示工作。

临行前，为欢送王若飞回延安，并欢迎叶挺出狱同回延安，中共代表团和重庆各民主党派人士在特园聚餐。周恩来在会上指出，现时的斗争形势是严峻的，今后的斗争将更加艰苦，中国正面临着一场两个中国、两种命运的决战。王若飞深知当时局势的严重，他特地向民盟代表罗隆基打电话告别，叮嘱他一定要坚持共同的协议，对于国民党绝不能轻易让步和退却。

4月8日，王若飞同刚刚出狱不久的叶挺，还有秦邦宪、邓发、黄齐生等乘飞机离开重庆飞向延安。

在和平与内战的紧急关头，中共中央的领导同志正期待着王若飞等的归来，以共同商讨目前的严重局势，决定对策。

根据重庆拍发的电报，下午一时多，毛泽东、朱德、任弼时、林伯渠等都陆续来到延安东关机场。延安上空乌云低暗，下起了毛毛细雨。这时，远方隐隐约约地传来飞机声。场上欢迎的人群，立即泛起了欢乐的笑声。但飞机的隆隆声响了不一会儿，又渐渐由

铁窗难锁钢铁心
——革命先烈王若飞

近而远离去。人们欢乐跳动的心骤然一惊。接着，愁虑与不安的气氛一下子笼罩了整个机场。

来机场欢迎的人仍旧充满希望地翘首天空，从下午一点多钟直到黄昏，望穿云天，也没有看到飞机的踪影。人们默默地回转了，焦急地盼望着有确实消息的到来。五时许，据重庆的回电，该机未曾返航。毛泽东、朱德等怀着沉重的心情回到王家坪。毛泽东在桃园路口沉思良久，来回踱步，不时地凝视雾岭云空。朱德也踏着缓慢的脚步，来到毛泽东身边，分析、估计着种种可能。

原来这架飞机已飞抵延安上空，但因为天空阴云密布，能见度极低，无法着陆。飞机临时决定到西安降落。不料途中迷失方向，错误地向晋绥边区飞去。行至山西兴县东南的黑茶山上空，天气情况更加恶劣，阴雨沉沉，黑云滚滚，在灰暗迷茫中飞机不幸触山失事。机上王若飞等一行13人，连同美机机组人员四人全部遇难。

从9日开始，重庆的美国飞机多次出动侦察，始终没有找到飞机的下落。山西兴县四区的群众到黑茶山打柴，发现了被毁的机身和遇难者的遗物。他们立即报告了区委，区委派人赶赴出事地点现场调查，找到了秦邦宪、黄齐生的印章以及其他文件。证明确是王若飞等坐的飞机失事后的残骸。于是，他们火速报告了中共晋绥分局党委，分局党委立即向党中央作了报告。晋绥分局和边区政府负责人李井泉、康世恩等亲到现场料理，组织人力，寻找遇难人员的遗体和遗物，然后由谭政文护送到延安。

在护送遗体途中，晋绥边区千余群众轮流抬灵梯，众多群众深夜送英灵，黑茶山下岚县机场万人披黑纱、戴素孝祭奠忠魂。尽管一路风沙泥雨，仅用了五天就将遗体运达延安。在延安，千余人连夜赶修陵墓；许多老人争献自己的寿木，被服厂工人热泪盈眶地缝制葬衣；成千上万的人悲迎遗体，三万人隆重悼祭。

4月13日，中共中央发布王若飞等遇难的讣告，解放区人民及全国人民都沉浸在巨大的悲痛之中。中共中央成立了由毛泽东、朱德、刘少奇等26人组成的治丧委员会。重庆成立了由周恩来等130人组成的治丧委员会。上海成立了由宋庆龄等30多人组成的治丧委员会。

19日，党和人民将王若飞等烈士安葬于延安清凉山下。

从4月15日中共中央在延安召开"四八烈士"追悼大会以后，陕甘宁边区、重庆、上海和各解放区都先后召开了追悼大会。中共中央委员会发布了祭文，许多报纸发表了大量的悼念文章。许多同志为失去亲密的战友而痛哭，为中国的解放事业失去英勇的战士而惋惜，同时为他们无私无畏的献身精神所激励。

毛泽东、朱德、刘少奇等为"四八烈士"题词。周恩来在重庆举行的追悼会上，流着眼泪悲痛地报告了"四八烈士"的生平事迹，声音由低沉、庄严渐愈高亢、悲壮。他在缅怀了王若飞的光辉思想和革命实践以后，一字一句地说："失掉了他，好像失掉了一种力量，失掉了一种鼓励，失掉了一个帮手。"他还在《"四八"烈士永垂不朽》的署名文章中称颂王若飞

延安各界三万人举行公葬"四八"烈士大会

等是"人民的英雄，群众的领袖，青年的导师和坚强不屈的革命战士"、"和平民主"的"旗帜"！他们身上闪耀着"中国共产党的光辉"。

铁窗难锁钢铁心

——革命先烈王若飞

中华魂·百部爱国故事丛书
提 要

《誓与禁烟相始终——民族英雄林则徐》

林则徐严禁鸦片，坚决抵抗西方列强的侵略，坚持维护国家主权和民族利益。他是中国近代历史上第一位睁眼看世界的人，是抗击帝国主义殖民侵略的第一人，是中华民族抵御外侮过程中伟大的民族英雄。

《血洒虎门御敌寇——抗英将军关天培》

民族英雄关天培，在第一次鸦片战争中为了抗击英国侵略者的入侵而血洒虎门，为国捐躯，谱写了一曲可歌可泣的英雄赞歌。关天培用他的生命，书写了中国人民反抗外侮的历史。

《威震镇海靖节魂——抗敌英雄裕谦》

在第一次鸦片战争期间的众多牺牲者中，有一位官阶最高，他就是两江总督裕谦。裕谦与外国侵略者斗争立场坚定，与国内妥协派、投降派斗争态度坚决。裕谦督战镇海，与英国侵略军浴血奋战，临危不惧，以身报国，浩气长存。

《斩邪留正解民悬——太平天国领袖洪秀全》

农民出身的洪秀全，从失意文人到起义领袖，经历了长期的思想演变过程，在外敌入侵、清朝政府腐朽的历史环境之下，顺应时代的潮流，成长为一位非凡的历史英雄人物，建立了与清朝政府相抗衡的农民政权——太平天国。

《仰承汉唐　荟萃中外——近代数学家李善兰》

李善兰是我国19世纪重要的科学家之一，在数学、天文学、力学等方面都有重大建树。他继承了我国古代数学的成就，又以极大的热情传播西方科学文化，"仰承汉唐，荟萃中外"，把自己的一生献给了科学事业。

《严谨治学　勇于探索——近代著名数学家华蘅芳》

华蘅芳，中国近代数学家之一。其精通中国古算学，并熟练掌握西方近代数学，是中国验证抛物线并著书立说的参与者。为了证明"外国有的，中国也能造"而鞠躬尽瘁，在引进西方科学技术、传播科学知识上贡献卓著。

《折冲樽俎护山河——近代著名外交家曾纪泽》

曾纪泽是中国近代史上著名的爱国外交家，在中俄伊犁交涉事件中，他秉承抵抗列强、保卫国家的坚定意志，利用外交手段全力同沙俄抗争，捍卫了国家主权、民族尊严，收回了祖国的领土，在近代中国外交史上留下了光辉的一页。

《甲午海战留英名——民族英雄邓世昌》

邓世昌，北洋水师名将。本书以邓世昌的成长过程为线索，以代表性的历史故事为主要内容，还原真实的历史事件，突出鲜明的人物性格。邓世昌因在中日甲午海战中突出的英雄气概而名垂史册，书写了伟大的爱国主义篇章。

《誓与舰队共存亡——北洋水师提督丁汝昌》

丁汝昌处在清朝政府的腐朽和李鸿章的专断下，难以施展爱国的抱负，壮志未酬，愤恨而终。但丁汝昌为建立近代海军作出的巨大贡献，带领北洋舰队爱国官兵勇抗强敌的英雄事迹，将永远为后代所传颂。

《镇南关上凯歌扬——抗法老英雄冯子材》

1885年中法战争中，年逾古稀的冯子材为抵御外国侵略，勇赴国

难，大败法军于镇南关，并乘胜追击，接连收复文渊、谅山等地，从根本上扭转了中法战争的局面，成为近代民族英雄的杰出代表。

《屡败法军逞英豪——黑旗军将领刘永福》

刘永福是黑旗军的创建者，是农民出身的杰出军事家、政治活动家。在19世纪发生的援越抗法、中法战争中，他率部与帝国主义侵略者进行了殊死的战斗，建立了卓越的功勋，成为我国近代史上著名的民族英雄，为后世所景仰。

《矢志变法强国家——戊戌变法领袖康有为》

康有为是清末民初最有影响力的思想家之一。他领导了中国知识界的启蒙运动，掀起了一场自上而下的政体改革。他最早在中国提出了立宪政体和具体的宪政方案，主张在坚持儒家传统和帝制的前提下，学习西方经验，他的进步思想对近代中国具有深远的影响。

《开民智以报国　普新知而图强——戊戌变法思想家梁启超》

梁启超，中国近代史上著名的政治活动家、启蒙思想家、史学家、文学家，戊戌变法领袖之一。本书以百日维新思想家梁启超的成长过程为线索，以代表性的历史故事为主要内容，还原真实的历史事件，突出鲜明的人物性格。

《我自横刀向天笑——维新志士谭嗣同》

谭嗣同在民族危机的严重时刻，投身改革救中国的洪流。为了带给祖国一个光明的未来，紧要关头，他挺身而出，用自己的鲜血激励后人，把宝贵的生命献给了变法事业。

《睡乡敢遣警世钟——用生命警策国人的陈天华》

陈天华是民主革命的活动家和宣传家。他写的《猛回头》《警世钟》等书，起到了革命启蒙的重大作用。为了激发留日学生的爱国情怀，他不惜投海自杀，演出了近代史上感人至深的一幕，给后人留下了难忘的印象。

《革命军中马前卒——民主斗士邹容》

革命乃"至尊极高，独一无二，伟大绝伦之一目的"；它是"天演之公例，世界之公理，顺乎天而应乎人"的伟大行动。因此，必须"仗义群兴革命军"。他激情高呼："革命独子万岁！中华共和国万岁！"这就是《革命军》的作者，中国近代著名资产阶级革命宣传家邹容。

《休言女子非英物——鉴湖女侠秋瑾》

为民族解放和妇女解放而英勇斗争的秋瑾，冲破封建礼教的思想牢笼，打碎封建精神枷锁，崇仰真理，追求光明，主张共和，坚持男女平等，最终献出了自己年轻的生命。

《血溅校场　杀身成仁——民主斗士徐锡麟》

本书讲述了反清志士徐锡麟弃文从武、投身反清革命事业，最终被清政府杀害的故事。出于对国家的热爱，徐锡麟献出自己的生命，他的事迹将永远激励后人深切缅怀这位民主革命的先驱。

《生可死耳　我志长存——献身民主的禹之谟》

禹之谟，民主革命党人，同盟会会员，近代资产阶级革命家、实业家。1886年，20岁的禹之谟"提三尺剑，挟一卷书"游历四方，研究西方社会政治学说，忧国忧民之心日趋强烈。戊戌变法失败，他丢掉改良幻想，倡革命救亡之说，走上民主革命道路。

《物竞天择　适者生存——资产阶级启蒙思想家严复》

严复是中国近代著名的启蒙思想家、翻译家和教育家。他长期从事教育和翻译事业，为近代中国人才培养和思想启蒙做出了重要贡献，同时他也为中国的翻译事业和中西思想文化交流做出了重要贡献。

《辛亥革命急先锋——资产阶级革命家黄兴》

黄兴，清末民初资产阶级革命家，中华民国开国元勋。黄兴在武昌首义及辛亥革命时期的爱国表现，与孙中山闻名于当时，常被时人以"孙黄"并称。本书以资产阶级革命活动实干家黄兴的成长过程为线索，歌颂了先辈伟大的爱国主义精神。

《矢志革命　百折不回——近代民主革命家廖仲恺》

廖仲恺追随孙中山踏上了创立民国与捍卫共和制的旧民主主义革命

之路；在新民主主义革命时期，他为建立、巩固首次国共合作和实施三大政策，英勇奋斗，为国殉职，洒尽了一腔热血。

《将军拔剑南天起——护国英雄蔡锷》

蔡锷是中国近代史上的杰出军事家、爱国者。他的一生短暂而伟大。辛亥革命爆发，他毅然投身于革命洪流之中，领导云南重九起义，对武昌起义积极响应。袁世凯窃国复辟、恢复帝制的阴谋暴露出来以后，他又毅然举起了武装讨袁的旗帜。

《反帝反封建运动——五四青年的爱国故事》

五四运动是一次伟大的反帝反封建的爱国运动；是一个伟大的历史转折点；是中国人民的斗争从挫折走向胜利的一个关节点，它为中国的前进开辟了一条全新的道路，拉开了中国新民主主义革命的序幕。

《思想自由 兼容并包——著名教育家蔡元培》

蔡元培是中国近现代著名的民主革命家和教育家，一生经历风雨，却始终信守爱国和民主的政治理念，致力于废除封建主义的教育制度，奠定了我国新式教育制度的基础，为我国教育、文化、科学事业的发展做出了富有开创性的贡献。

《为国家争光 为民族争气——中国铁路之父詹天佑》

詹天佑是我国最早的杰出铁道工程师，因主持建造京张铁路而闻名中外，被誉为"中国铁路之父"。他为祖国的铁路事业贡献了毕生的精力。本书向读者展示了詹天佑热爱祖国、科技兴国的辉煌人生。

《实业救国 衣被天下——轻工之父张謇》

张謇是爱国实业家、教育家。他年轻时中过状元。过了40岁，开始投身工商实业活动中，他的名言是："富民强国之本在于工"。在南通，创办大生丝厂、银行等各种实业。并将创办实业的大部分所得投入教育。他的观点是，教育和实业一样，也是"富强之大本"。

《心向革命 追求光明——平民将军冯玉祥》

冯玉祥将军"是一位从旧军人转变而成的坚定的民主主义战士"。

抗日战争期间，他辗转各地，用实际行动积极抗战。日本战败投降后，他为了断绝美国的援蒋内战，又在美国四处演说，揭露蒋介石统治之黑暗，痛斥美国阴谋分裂中国的不良行为。

《刑场上的婚礼——革命烈士周文雍 陈铁军》

周文雍是广州起义的主要领导人之一。陈铁军出身于华侨商人家庭，却毅然投身革命洪流。1928年1月，两人接受派遣，回到广州假扮夫妻从事革命斗争，却不幸被捕。临刑前，两位烈士将敌人的枪声当作自己婚礼的礼炮，用生命和爱情谱写出一曲千古绝唱。

《星星之火 可以燎原——井冈山斗争的故事》

1927—1929年，毛泽东、朱德等老一辈革命家，在井冈山创建了农村革命根据地，进行了艰苦卓绝的斗争，建立了新型革命武装，点燃了工农武装革命之火，找到了农村包围城市最后夺取政权的中国革命的正确道路。

《新民学会的主要发起人——中国共产党早期革命家蔡和森》

蔡和森青年时期曾与毛泽东等人一起组织进步团体新民学会，参加五四运动，并在赴法国勤工俭学时研读大量马克思主义著作，回国后以满腔热忱投身革命事业，成为中国共产党早期重要的理论家和宣传家。

《威震黄浦江畔 高奏抗日壮歌——一·二八淞沪抗战》

面对日本侵略者的挑衅，十九路军在蒋光鼐、蔡廷锴的带领下，高举义旗，奋力一搏。一·二八淞沪抗战，是中国军人捍卫军人荣誉和祖国尊严所发出的吼声，谱写了一曲抗击日军侵略的英雄壮歌。

《将军恨不抗日死——慷慨就义的吉鸿昌》

在国难深重的20世纪30年代，吉鸿昌将军因拒绝执行国民党指示，坚决不打内战，被迫携眷出国"考察"。回国后，他加入中国共产党，组织了民众抗日同盟军，英勇打击日本侵略者，后于1934年11月被国民党反动派杀害。

铁窗难锁钢铁心
——革命先烈王若飞

《献身革命　甘于清贫——梅岭忠魂方志敏》

大革命失败后，方志敏凭着"两条半步枪"起家，身经百战，创建了赣东北革命根据地和红十军。本书真实记录了方志敏投身于革命、领导红军和敌人进行艰苦卓绝斗争的经历，歌颂了烈士贫贱不移、威武不屈、献身革命的高尚品质。

《奏响中华最强音——人民音乐家聂耳》

聂耳在他有限的生命中创作了数十首革命歌曲，在抗日救亡运动中，聂耳的这些歌曲产生了广泛深远的影响。他的音乐创作为中国无产阶级革命音乐的发展指明了方向，树立了榜样。

《横眉冷对千夫指——中国文化革命主将鲁迅》

鲁迅不但是伟大的文学家，而且是伟大的思想家和伟大的革命家。在那风雨如晦的黑暗年代里，他以笔为投枪，同一切帝国主义和反动派进行了顽强的战斗，为中国人民树立了一个不朽的丰碑。他是新文化战线上的一面光辉旗帜，是我们伟大民族的灵魂。

《铁流两万五千里——红军长征的故事》

红军长征是人类历史上的一次伟大的壮举。第五次反"围剿"失败后，中国工农红军的三大主力在极端艰难的条件下，突破国民党军队的围追堵截，进行了史无前例的战略大转移，总行程达两万五千里以上。途中发生了许多动人故事，至今令人难以忘怀。

《荣辱不移革命志——创建陕北红军的刘志丹》

刘志丹是杰出的无产阶级革命家、军事家，西北红军和西北革命根据地的主要创始人之一。他一生热爱人民，追求真理，英勇善战，百折不挠，艰苦奋斗，忠心赤胆，为创建红军和革命根据地、为中国人民的解放事业建立了不可磨灭的功勋。

《英名永存北平城——爱国将领佟麟阁　赵登禹》

1937年7月28日，日军向北平郊区发动进攻。第二十九军副军长佟麟阁奉命在南苑率部与日军苦战，腿部受伤，头部被敌机炸伤，壮烈殉国。第一三二师师长赵登禹指挥部队顽强抵抗日军，右臂中弹负伤，仍继续作战。后在转移途中遭日军截击而牺牲。

《八百壮士　四行仓库铸军魂——谢晋元和他的战友们》

八一三抗战，中国军人以血肉之躯揭开全面抗战的帷幕。这是一场血战，是中国军人不屈不挠的英雄诗篇，其中的八百壮士守四行，成为这首英雄颂歌中最动人、最凄美的音符。一曲四行保卫战，铸就了不屈的军魂。

《八女投江　气贯长虹——八位抗联女战士》

抗日战争时期，以冷云为首的东北抗日联军8名女战士，为捍卫民族尊严，面对凶残的日寇，镇定自若，宁死不屈，投江殉国，表现了中华民族同敌人血战到底的英雄气概。她们的光辉形象，激励着千千万万的后来人。

《艰苦抗战　威震敌胆——著名抗日英雄杨靖宇》

杨靖宇将军是我国著名的抗日民族英雄。曾先后担任磐石游击队政治委员、东北抗日联军第一军军长兼政委、抗日联军总司令等职。领导军民对日寇坚持了长达9个年头的艰苦卓绝的斗争，最终以身殉国。

《死也不当亡国奴——镜泊抗日英雄陈翰章》

陈翰章，从1932年8月投笔从戎，直到1940年12月8日为抗击日本侵略者，战死在镜泊湖畔。他在抗日疆场上奋战了九年，他那可歌可泣的英雄事迹将为人们永世传颂。

《名将殉国　气壮山河——抗日将军张自忠》

著名抗日将领、民族英雄张自忠，生于忧患的时代，抱有"宁为百夫长，胜作一书生"的志向，经历过失败与低谷，最终成就了慷慨人生。本书主要以人物活动为主，勾画出一个真正的"民族魂"鲜活的人生，会带给读者振奋的力量。

《宁死不辱战士名——狼牙山五壮士》

1941年日寇在河北易县"扫荡"。为掩护群众和主力部队撤退，五

位八路军战士毅然把敌人引上了狼牙山棋盘坨峰顶绝路。弹尽粮绝、无路可退，五位英雄纵身跳下了万丈悬崖，用生命和鲜血谱写出一曲惊天地泣鬼神的壮举。

《太行浩气传千古——抗日名将左权》

左权，中国工农红军和八路军高级指挥员，著名军事家。是八路军在抗日战场上牺牲的最高指挥员。名将阵亡，太行山为之垂首，全党为之悲痛。周恩来称他"足以为党之模范"，朱德赞誉他是"中国军事界不可多得的人才"。

《虎将兴关外　抗倭统雄师——抗联英雄赵尚志》

本书描写了久经考验的共产党员、东北抗联的创建者和主要领导人赵尚志，在艰苦卓绝的条件下，坚持抗战，威震敌胆，战功卓著，忍辱负重，忠贞不屈，为国捐躯的英雄故事，为青少年读者呈上一部爱国主义的佳作。

《黄埔之英　民族之雄——抗日名将戴安澜》

抗日名将戴安澜，先后参加保定、漕河、台儿庄、武汉、昆仑关等战役，作战英勇，屡建奇功；入缅作战，"扬威国外，藉伸正义"；守东瓜，复棠吉；殒身缅北，遗恨丛林，马革裹尸，成就了光辉的一生。

《爱国志士　民主先锋——新闻出版家邹韬奋》

本书讲述了邹韬奋献身新闻出版事业的奋斗历程，展现了一位新闻工作者坚定的革命信念和炽热的爱国主义精神，全心全意为人民服务、为读者服务的奉献精神，歌颂了他的高尚情操和优良品质。

《为抗战发出怒吼——人民音乐家冼星海》

人民音乐家冼星海，青年时期在巴黎求学，饱尝屈辱与磨难；学成后毅然回到多灾多难的祖国，用满腔热忱谱写激昂的音乐，鼓舞中华儿女的斗志；奔赴延安，谱写出不朽的名作《黄河大合唱》，发出中华民族抗日救亡的怒吼。

《全民皆兵　抗击日寇——抗日战争的故事》

中国人民进行的十四年抗战，是一百多年来中国人民反对外敌入侵第一次取得完全胜利的民族解放战争。这场战争是以国共两党合作为基础，有社会各界、各族人民、各民主党派、抗日团体、社会各阶层爱国人士和海外侨胞广泛参加的全民族抗战。

《捧着一颗心来　不带半根草去——人民教育家陶行知》

陶行知是我国现代教育史上伟大的人民教育家、教育思想家。他从青年起就立志献身教育事业，以"捧着一颗心来，不带半根草去"的赤子之心，为人民的教育事业鞠躬尽瘁。

《为民主与和平拍案而起——民主斗士闻一多》

闻一多早年与梁实秋等人发起成立清华文学社。赴美留学期间由对祖国的深深眷恋而创作著名的《七子之歌》。后在西南联大任教8年，积极投身于抗日运动和争取民主的斗争，发表了著名的《最后一次讲演》。

《铁窗难锁钢铁心——革命先烈王若飞》

王若飞是我党早期杰出的无产阶级革命家。在艰苦卓绝的斗争中，他出生入死，屡建奇功，以超人的睿智和胆略，在敌人的监狱中，同敌人展开了殊死的较量，为抗战的胜利和新中国的诞生做出了卓越的贡献。

《横扫千军　还我河山——抗联名将李兆麟》

李兆麟是东北抗日联军创建人之一，他率领抗日联军历尽千难万险与日本侵略者浴血奋战，在极其艰苦的条件下，保存了抗日联军的有生力量，为东北光复做出了重大贡献。

《锄头开出新天地——解放区大生产运动》

为了解决困难，渡过难关，党中央号召党政军民齐动手，开展大生产运动。中国共产党在其控制区域内发动的一场军队屯田和鼓励生产的群众运动，达到了自己动手丰衣足食，共度难关，既进行革命又进行生产自足的目的。

《生的伟大 死的光荣——女英雄刘胡兰》

刘胡兰，坚贞不屈的少年女英雄。生前对我国劳动人民的解放事业无限忠诚，在敌人威胁面前，大义凛然，毫无惧色，英勇牺牲，表现了共产党员的高贵品质。

《饿死不领美国救济粮——爱国知识分子的楷模朱自清》

朱自清作为爱国知识分子的典型，以锐利的笔锋直言痛斥反动政府的暴行，体现了他崇高的爱国情怀和不畏恶势力的精神品格。毛泽东曾给朱自清先生以高度评价："一身重病，宁可饿死，不领美国的'救济粮'"，"表现了我们民族的英雄气概"。

《为了新中国前进——舍身炸碉堡的董存瑞》

伟大的英雄，中国人民的儿子董存瑞，从儿童团长成长为一名光荣的解放军战士，在1948年解放隆化县城时，舍身炸碉堡，为新中国献出了自己年轻的生命。他的英雄形象永远留在人民心里。

《宁死不屈的共产党员——革命烈士江竹筠》

江竹筠，就是著名的江姐。1947年春，她负责《挺进报》工作，只几个月的时间，报纸就发行到1600多份，引起了敌人的极大恐慌。由于叛徒出卖，江姐不幸被捕，惨遭毒刑的残酷折磨，仍坚贞不屈。最后被特务秘密枪杀，年仅29岁。

《抗美援朝 保家卫国——志愿军的战斗故事》

抗美援朝战争是中国人民志愿军为援助朝鲜人民、保卫祖国安全，与美国为首的"联合国军"发生的战争。在朝鲜牺牲的志愿军烈士们，他们英勇的战斗事迹、保家卫国的精神值得我们发扬光大。

《上甘岭上壮烈歌——黄继光和他的战友们》

在1952年10月的上甘岭战役中，黄继光和他的战友们在零号阵地半山腰被敌机枪火力点压制，此时，黄继光身上已经多处负伤，手雷也已全部用光。为了完成任务，减少战友的伤亡，他用自己的胸膛堵住正在扫射的敌机枪射孔，为反击部队扫清了前进的道路。

《诗书印画　全入神品——国画大师齐白石》

齐白石出身贫寒，做过农活，当过木匠，后改学雕花木工，从民间画工入手，摹古人真迹，学诗文书法，融汇古今，而诗、书、印、画俱佳；他将中国画的精神与时代的精神统一得完美无瑕，使中国画得到国际的重视，无愧于"国画大师"的称号。

《毕生为文化而奋斗——中国第一出版家张元济》

张元济参与、主持和督导商务印书馆近六十年，使其从简单的印刷企业转变为当时中国教育出版的旗帜。张元济一生爱书，在中华大地动荡不安的年代里，他用自己对文化的热爱，续存着中华民族灿烂悠久的文明之光。

《独树一帜　梨园大师——著名京剧表演艺术家梅兰芳》

梅兰芳，京剧大师，演唱风格独树一帜，世称"梅派"。曾先后赴日本、美国、苏联演出，并荣获美国波摩那学院和南加州大学的荣誉文学博士学位。作为一位爱国者，抗战期间蓄须明志，拒绝为日本人演出，为后世称颂。

《华侨旗帜　民族光辉——爱国侨领陈嘉庚》

陈嘉庚是著名的爱国华侨领袖、企业家、教育家、慈善家、社会活动家。他为辛亥革命、民族教育、抗日战争、解放战争、新中国的建设做出了卓越的贡献。生前被毛泽东誉为"华侨旗帜、民族光辉"。

《向雷锋同志学习——伟大的共产主义战士雷锋》

雷锋，一个平凡而伟大的共产主义战士，一心向着党，一生秉承着全心全意为人民服务、无私奉献的崇高思想；发扬刻苦学习和钻研理论的"钉子"精神；坚持勤俭节约、艰苦奋斗的优良作风。毛泽东为其题词："向雷锋同志学习。"

《人民的好公仆——县委书记的好榜样焦裕禄》

焦裕禄，被誉为县委书记的好榜样。他用自己的革命精神，展开了与大自然、与社会落后现象、与病魔的多重抗争，让我们领略到一

个共产党人的生之伟大、死之壮美的人格品质和具有现实教育意义的
精神魅力。

《文学巨匠　京味大师——人民作家老舍》

老舍是我国现代小说家、文学家、戏剧家。他用融入骨髓的真诚文
字反映生活的喜怒哀乐。老舍的一生，总是在忘我地工作，他是文艺界
当之无愧的"劳动模范"，生前被北京市人民政府授予"人民艺术家"
的称号。

《革命老人——无产阶级教育家徐特立》

徐特立是一代伟人毛泽东的老师。他出生在贫苦家庭，大部分时间
生活在动荡艰苦的年代；他刻苦勤奋，不畏艰辛，追求光明，一生勤
俭，为革命培养了大量的人才；他对党和人民任劳任怨，鞠躬尽瘁。他
坎坷奋斗的一生，留下了许多可歌可泣的故事。

《人生能有几回搏——新中国第一个世界冠军容国团》

容国团先后担任中国乒乓球队运动员、女队主教练。获得1959年男
子单打世界冠军；1961年夺得男子团体世界冠军；作为中国女队主教
练，1965年率女队第一次夺得女子团体世界冠军。他的"人生能有几回
搏"的豪言，举国传诵。

《石油工人一声吼　地球也要抖三抖——铁人王进喜》

王进喜，新中国第一批石油钻探工人。他为祖国石油工业的发展和
社会主义建设立下了不朽的功勋，在创造了巨大物质财富的同时，还给
我们留下了宝贵的精神财富——铁人精神。他被评为"百年中国十大人
物"，写入中华民族的光辉史册。

《做人民需要我做的事——著名地质学家李四光》

李四光是一位伟大的科学家，他一生从事地质学研究工作，足迹遍布
祖国的山川，为祖国探明了许多地下宝藏；他创建了崭新的学说——地质
力学；他历尽重重困难，为正确认识地质构造开辟了一条新路。

《中国化学工业的先驱——著名化学家侯德榜》

为摆脱纯碱需要进口的窘况，20世纪初，怀着"实业救国"梦想的中国化工先驱侯德榜等人创办了永利碱厂，并立志生产出中国人自己的碱。1926年，永利碱厂终于成功地生产出"红三角"牌纯碱，从此中国制碱业得以跨入世界先进行列。

《毕生求是　一丝不苟——著名科学家竺可桢》

著名科学家竺可桢献身科学研究；治学严谨，一丝不苟；一生廉洁，两袖清风；作风民主，爱护学生。他以爱国之心、报国之志，从一个民主主义者逐渐成长为一个共产主义战士。

《热爱自然的大地之子——著名植物学家蔡希陶》

蔡希陶，五十载风雨，五十载坎坷，五十载奋斗，五十载开拓，为了发现对人类生产、生活有用的植物及新物种的引进而做出巨大贡献，在中国的植物资源学史上将永远镌刻着他的名字。

《高洁无私的襟怀——知识分子的楷模蒋筑英》

蒋筑英是中国当代知识分子的先锋典范，他不为名，不为利，尊重科学；他以坚忍的毅力和顽强的作风，在科学的道路上呕心沥血，鞠躬尽瘁，无私地奉献了青春和生命。

《迎接新生命的天使——卓越的妇产科专家林巧稚》

林巧稚是国内外享有盛誉的妇产科专家。在五十多年的医学教育和临床实践中，林巧稚亲自接生了五万多婴儿，治愈了数千病人，培养了数以百计的专门人才，为我国的妇女儿童事业做出了不可磨灭的贡献。

《独自成千古　悠然寄一丘——国画大师张大千》

张大千是20世纪中国画坛最具传奇色彩的国画大师，无论是绘画、书法、篆刻、诗词无所不通。在艺术界深得敬仰和追捧，艺术家们用真挚的感情，用绘画和雕塑展现了"张大千"多彩的艺术形象。

铁窗难锁钢铁心

《建造中国的通天塔——著名数学家华罗庚》

中国当代著名数学家华罗庚，为中国数学的发展做出了无与伦比的贡献，他是中国解析数论、典型群、矩阵几何等多方面研究的创始人与开拓者，也是我国最早将数学理论研究与生产实践紧密结合的科学家。

《问鼎长天　强我国威——两弹元勋邓稼先》

邓稼先是我国著名科学家，参加组织和领导我国核武器的研究、设计工作，从对原子弹、氢弹原理的突破和试验成功及其武器化，到新的核武器的重大原理突破和研制试验，作出了重大贡献。是我国核武器理论研究工作的奠基者之一，被誉为"两弹元勋"。

《敢叫天堑变通途——桥梁专家茅以升》

中国著名的桥梁专家茅以升从小立志为祖国建造桥梁，经过不懈努力，他不仅设计建造了一座座宏伟壮观、坚固实用的道路桥梁，而且搭建了一座座友谊之桥，为祖国建设作出了卓越贡献。

《蘑菇云之梦——核物理学家钱三强》

被誉为"中国原子弹之父"的核物理学家钱三强，更名后立志于科技报国；24岁投师于世界著名核物理学家居里夫妇；与夫人何泽慧合作，发现铀的"三分裂""四分裂"现象；统领我国的原子大军，做了大量创造性工作。

《两离桑梓地　满怀雪域情——领导干部的楷模孔繁森》

孔繁森，是一位一尘不染、两袖清风的好干部。两次进藏工作，历时十载，为西藏的建设、发展和稳定作出了突出的贡献。1994年11月，孔繁森不幸以身殉职。人民群众称他为新时期领导干部的楷模。

《摘取数学皇冠上的明珠——著名数学家陈景润》

陈景润是享誉世界的数学家，为了证明"哥德巴赫猜想"，他以惊人的毅力在数学领域里艰苦跋涉，终于攻克了世界著名数学难题"哥德巴赫猜想"中的"1+2"，创造了中国乃至世界数学史上的辉煌。

《学术独步　饮誉四海——享有国际威望的科学家卢嘉锡》

卢嘉锡是一位在国际科学界享有崇高威望的物理化学家、化学教育家和科技组织领导者。1945年，卢嘉锡满怀"科学救国"的热忱回到祖国，对中国原子簇化学的发展起了重要推动作用，他所指导的新技术晶体材料科学研究，也取得了重大成绩。

《德艺双馨　梨园楷模——著名豫剧表演艺术家常香玉》

常香玉1941年赴陕甘演出。1948年在西安创办香玉剧社。1951年为支援抗美援朝，率剧社巡回西北、中南、华南各地演出，以演出收入捐献"香玉剧社号"战斗机一架，素有"爱国艺人"之誉。

《文学大师　激流勇进——著名作家巴金》

本书以巴金生平和主要事迹为线索，回顾和展示现代著名作家巴金的一生，以期让人们看到巴金在这风云变幻的100多年中，有过成功的欢欣，有过屈辱的磨难，有过痛苦的忏悔，有过平静的安宁。巴金的人生，映照着一代中国五四知识分子坎坷而不平凡的命运。

《壮心系科学　孜孜为国昌——理论化学家唐敖庆》

本书讲述了唐敖庆从出国求学、业有成、回国任教，到服从安排、艰苦工作、刻苦钻研，最终成为中国量子化学奠基者的过程。让人们看到了这位著名化学家的赤心爱国、严谨治学、大公无私的崇高品格和科研上的卓越成就。

《中国导弹之父——著名科学家钱学森》

当第一颗原子弹升空的时候，当中国的人造卫星奏响《东方红》的时候，当中国运载火箭腾空而起的时候，当中国研制的导弹准确命中目标的时候，人们都会想起他的名字：中国导弹之父钱学森。

《中国近代力学的奠基人——著名科学家钱伟长》

钱伟长曾以中文和历史两个100分的成绩考入清华大学。九一八事变后，钱伟长毅然放弃了文科的学习而转为理科。他是中国近代力学、应用数学的奠基人之一，在固体力学、流体力学以及航空航天领域，取

115

革命先烈王若飞
——铁窗难锁钢铁心

得了卓越的成就，为新中国的现代化建设付出了毕生的精力。

《中国光学科学的奠基人——著名科学家王大珩》

　　王大珩是我国著名的科学家，中国光学科学的奠基人。他先在清华就读，后赴英国求学，学业有成，立志科学救国，其成就享誉神州。他以科学的求是精神和赤诚的爱国情怀，探索着中国光学发展的闪光之路。